KB078457

狂風霽月

광풍제월

만상조 新무협 판타지 소설

FANTASTIC ORIENTAL HEROES

광풍제월 5

만상조 新무협 판타지 소설

초판 1쇄 찍은 날 § 2016년 1월 15일
초판 1쇄 펴낸 날 § 2016년 1월 22일

지은이 § 만상조
펴낸이 § 서경석

편집책임 § 김현미

펴낸곳 § 도서출판 청어람
등록번호 § 제387-1999-000006호
등록일자 § 1999. 5. 31
어람번호 § 제2-2632호

주소 § 경기도 부천시 원미구 부일로 483번길 40 서경B/D 3F (우) 14640
전화 § 032-656-4452 팩스 § 032-656-4453
http://www.chungeoram.com
E-mail § chungeorambook@daum.net

ISBN 979-11-04-90605-3 04810
ISBN 979-11-04-90462-2 (세트)

狂風霽月

광풍제월

5

만상조 新무협 판타지 소설

FANTASTIC ORIENTAL HEROES

도서출판 청어람

狂風霽月
광풍
제월

第一章	소집(召集)	7
第二章	진입(進入)	49
第三章	비무(比武)	113
第四章	화마(火魔)	161
第五章	진의(眞意)	207
第六章	사화(死火)	261

第一章 소집

하오문 호북 지부에 소속되어 있는 여인, 장령(長翎)은 고개를 갸웃거릴 수밖에 없었다.

분명 염노에게 받은 서신을 넘겨주는 것으로 자신들과의 일은 끝났을 터인데, 운요와 소하는 자리에서 뜨지 않고 주루의 끝자락에 앉아 있었던 것이다.

"으음. 음……."

"난 모른다."

운요가 지나치게 느긋한 표정을 짓고 있음에도 불구하고, 소하는 초조한지 계속 장령이 서 있는 쪽과 바닥을 번갈아 바라보며 엉덩이를 들썩대고 있는 중이었다.

'무언가 일이 있는 것일까?'

장령은 하오문의 호북 지부에서도 가장 뛰어나다 일컬어지는 여인이다. 그렇기에 상대적으로 천대받을 수밖에 없는 무림의 정황에도 여인의 몸으로 호북 지부가 맡는 대부분의 일을 지휘할 수 있었다.

그리고 거기까지 그녀를 이끌어 준 것은 바로 본능이 이끌어낸 감이었다. 그 직감이 지금 소하와 운요를 특별한 사람이라고 말하고 있었다.

한참이 더 지난 뒤에도 소하가 끙끙대고 있자 결국 그녀는 그리로 발걸음을 옮길 수밖에 없었다. 그리고 장령이 다가오자 운요는 푸하 하고 웃음을 터뜨린 뒤였다.

"결국 저쪽에서 왔잖냐."

"끙……."

"무슨 일이신가요?"

그녀가 묻자 운요는 소하를 쿡 찔렀다. 어서 이야기하라는 뜻이다.

"저기, 음……."

소하는 난감한 표정을 지었지만 이내 결심한 듯 분연히 말을 꺼냈다.

"다른 정보를 의뢰해도 될까요?"

장령의 눈이 동그랗게 변했다.

"예, 여러분께서는 염노의 패를 가지신 분들입니다. 특급(特

級)까지는 불가능하지만… 대부분의 정보를 열람하실 수 있습니다."

"그럼 공짜라는 건가요?"

"당연하지요."

장령이 빙긋 웃어 보이자 소하는 빠드득 이를 갈며 운요를 째려보았다.

사실, 소하는 아까부터 계속해서 유원이 연관되어 있다는 비무초친에 대해 의문을 갖고 있었다. 척 노인이 말해준 적도 없던 데다 다들 그녀를 불쌍하다는 듯 말하는 것에 뭔가 알 수 없는 다급함이 일었던 것이다.

그러나 운요는 싱글싱글 웃기만 하며, 필요하다면 네가 알아서 찾으라며 입을 꾹 다물고 있을 뿐이었다.

하오문의 정보는 제법 비싸니 필요하다면 돈도 벌어야 할 것이라며 놀리기까지 했고 말이다.

"자기 밥은 자기가 찾아 먹어야지, 암."

콧노래를 부르는 운요를 애써 무시한 소하는 깊게 한숨을 내뱉었다. 아까까지 낑낑대며 고민한 게 다 의미 없었던 것이다.

"사실은……."

"백영세가의 재출도에 대해 궁금하신 건가요?"

"어, 네."

소하가 헙 하고 숨을 삼키는 것에 장령은 싱긋 미소를 지었다.

"아까 전 소협께서 계속 신경 쓰인다는 표정을 하고 계시기에 말이죠."

"으하하, 역시 주변 사람들이 다 똑같이 생각하고 있었어."

운요마저 웃어대고 있는 형국이다. 소하는 자신의 뺨을 손으로 꾹꾹 누르며 장령을 쳐다보았다.

그녀는 잠시 고민에 잠기더니만, 이내 옆쪽에 서 있는 여인들을 불러 무어라 말을 전한 뒤 차분히 소하의 옆에 앉았다.

그것에 소하가 머뭇거리는 모습을 보였다.

그녀의 몸에서 풍기는 향취에 순간 정신을 차리지 못했기 때문이다. 운요는 그것마저도 우습다는 듯 뺨을 부풀린 채로 자리에 앉아 있었다.

"그럼 어디서부터 이야기해야 할까요."

장령은 고운 턱에 손가락을 얹으며 살짝 고개를 갸웃거렸다. 그녀의 그런 모습에 소하는 애써 시선을 딴 데로 피할 뿐이었다.

"여성에 익숙하지 않으시면 이후 무림에서 살아나가기 힘드실 거예요."

그녀의 장난스런 목소리에 소하는 뺨을 긁적였다.

"아니, 그게… 사실 예쁜 사람을 가까이서 본 적이 얼마 없어서."

"어머."

장령은 손을 들어 놀랐다는 듯 입을 가렸다.
사실 맞는 말이었다.
소하가 이제까지 본 미녀들은 대부분 급박한 상황이나 스쳐 지나가면서 본 게 전부였고, 당시 상황에 의해 자소연이나 금하연과 같은 이들을 자세히 바라볼 시간이 얼마 없었기 때문이다.
장령의 눈가가 초승달처럼 휘어졌다.
"여인에게 감언(甘言)을 할 줄 아시는 분이로군요. 제가 착각했네요."
그게 무슨 뜻이냐는 소하의 눈에 운요는 배를 부여잡고 웃는 중이었다.
"아, 아무튼 계속 말해주세요."
소하의 재촉에 장령은 순순히 고개를 끄덕였다.
원래라면 하오문의 정보각(情報閣)을 사용해야겠지만 다행히도 이 이야기에 대해서는 지금 파다하게 떠도는 중이라 그녀가 상세히 기억하고 있었다.
"정확히 말하자면… 지금 백영세가는 시천월교의 몰락 이후 계속해서 봉문하고 있었죠."
"협력의 죄가 있었으니."
운요의 중얼거림에 장령도 동의했다.
"백영세가의 전대 가주인 백월량(栢越梁) 대협은 시천월교를 지원하고 그들에게 여러 가문의 고수들을 볼모로 넘긴 혐의를 받고 있었어요."

많은 세가가 그러했다. 시천월교라는 적에게 마냥 대항해 부러지는 것보다 꺾일지언정 사라지지 않기를 추구했기 때문이다.

"그 이후 책임에 대한 회의가 벌어졌고, 백월량 대협은……."

"자결했지."

운요의 말에 장령은 어두운 표정으로 고개를 끄덕였다.

"사실 천회맹이나 무림맹의 후신들이 바라는 건 그저 백영세가의 자금뿐이었지만요."

백월량에게 쏟아진 비난은 상상을 초월하는 것이었다. 그는 그것을 견디지 못했고, 스스로 목숨을 끊는 길을 택해 세가를 바라보는 이들에게 희미한 동정을 이끌어내는 데에 성공했다.

"그 후로 백류영 대협이 새로운 가주가 되었고, 그는 전대를 부정하는 방법을 택해 백영세가를 일신(一新)한다고 주장했죠."

그 결과가 바로 지금에 이른 것이다.

"전대의 가신(家臣)을 대거 축출했고 새로운 이들로 백영세가를 채우고 있는데… 아마도 지금 여는 비무초친 역시 그를 위한 안배겠죠."

"그럼 그 비무초친이란 건……."

"간단해요. 백영일화를 내건 비무대회죠. 아마 차후에 있을 천룡회(天龍會)를 생각하고 지금 실시하는 모양이에요."

"천룡회라는 건 무림맹에서 정기적으로 열던 비무대회를 일컫는 말이야. 이제까지 하지 못했지만 천회맹 놈들이 열겠다고 아우성이지."

운요가 옆에서 첨언을 해주었다.

그들은 자신들이 무림맹을 이었다는 정통성을 찾기 위해 발버둥을 치는 자들이었기 때문에 어떻게든 비무대회의 형식을 빌려 정식으로 세력을 증명하려는 것이다.

"백영세가에 잘 보이고 싶은 자들과 백영일화 백유원 소저와 혼인하고 싶은 이들까지 모여서 이렇게 대성황을 이루었다는 이야기죠."

"혼인?"

"네. 비무대회의 우승자는 백유원 소저와 혼인할 수 있는 권리를 얻어요."

장령의 얼굴이 조금 씁쓸하게 변했다. 무림은 힘을 추구하는 공간, 따라서 남자보다 힘이 약한 여인들을 천시하는 자들이 많았다. 백류영도 이와 다르지 않았다.

"뭐, 워낙 미녀니까 말이야. 이전에는 외출 나오는 거 한 번 보겠다고 백 명이 몰린 적도 있었어."

"그 이후로는 아예 밖으로 나가지도 못하게 되셨죠."

소하는 머리를 긁적였다. 방금 전 너무 많은 이야기가 오고 가 제대로 머릿속에 집어넣기가 어려웠던 것이다.

"그건… 백유원이란 소저가 자기 뜻대로 결정한 건가요?"

"개인적으로는 절대 그럴 리가 없다고 생각해요. 소협께서는 처음 보는 사람이 갑작스레 아내가 된다고 생각하면 어떠신가요?"

"당황스럽겠죠."

"예쁘면 또 다르지 않을까."

그런 운요를 처음으로 마땅찮게 바라본 장령은 이내 운요가 손사래를 치는 것에 흠 소리를 내었다.

"농담 삼아 한 말이오. 암, 싫고말고."

"사실… 이번 비무대회는 내정(內定)이 되었다고 봐도 무방해요. 뇌령부(雷逞斧)라거나 금강수(金剛手), 만련창(滿鍊槍)과 같은 고수들이 나오기 때문이죠."

"엉?"

운요는 놀란 표정을 지었다.

"그 노물(老物)들이 왜 거기에 나오는 거요?"

그들은 모두 불혹(不惑)을 넘은 고수들이다.

그런 이들이 어째서 비무초친에 등장한다는 말인가?

"아까 이야기하셨던 것처럼 백 소저가 아름답기 때문이기도 하며… 그들은 백영세가의 가호(加護)를 원하고 있죠."

백영세가는 은광(銀鑛)과 많은 상단을 소유한 곳이다. 아무리 개개인의 무력을 중요시하는 무림이라고 해도 막대한 자금은 군침이 돌 수밖에 없는 것이었다.

"그런 인간들까지 나설 줄이야……."

보통 비무초친이라 하면 나이대가 맞는 이들이 나선다. 나이를 먹어서도 비무초친에 나선다는 말이 나오면 체면이 말이 아니기 때문이다.

그러나 지금 백영세가의 비무초친은 그러한 체면을 구기고서라도 노릴 만한 가치가 있었다.

"슬픈 일이지요."

장령은 그리 말하며 눈을 돌렸다. 소하가 아까부터 계속 입을 다문 채 있었기 때문이다.

'연심이라도 있는 걸까?'

백영일화의 이름은 무림에 제법 퍼져 있다. 혹시 소하가 그녀를 동경하게 되었다고 한다면 이 비무초친은 상당히 불합리하게 들릴 수밖에 없을 것이다.

내심 재미가 일었다.

그녀는 소하의 표정을 살피려 했다. 보통 무림의 젊은이들은 혈기에 차 있고 행동이 성급하다. 그렇기에 소하가 내심 마음에 두었던 여인의 혼인 이야기를 들었을 때 어떤 식으로 반응하는지가 궁금했던 것이다.

그러나 소하의 눈은 옆을 향해 있었다.

"저쪽이 지금 싸우려고 하는데."

운요와 장령은 동시에 고개를 돌렸다. 워낙 사람들로 가득 찬 주루였는지라 두 명은 소하가 가리킨 쪽이 어딘지 제대로 분간할 수 없었다.

그러던 와중 고함이 들렸다.

"건방진 놈!"

의자가 옆으로 날아가며 땅을 나뒹굴었다.

동시에 떠들썩하던 객잔이 일순 조용해지며 사람들의 시선이 가운데 있는 탁자 하나로 집중되었다.

그곳에는 세 명의 무인과 앉아서 조용히 차를 마시고 있는 젊은 남자의 모습이 보였다.

"어?"

운요는 저도 모르게 입을 열었다. 그곳에 앉아 있는 것은 바로 청아였던 것이다.

"자주 있는 일이죠."

장령은 이마에 손을 가져다대며 한숨을 쉬었다.

"처리하기 쉽도록 나가서 싸워주면 좋을 텐데."

원래 무기를 휴대하고 다니는 자들인 만큼 싸움도 그만큼 자주 일어난다. 하오문의 일원도 모두 싸움으로 인해 피해를 입지 않도록 주변인들을 피하게 하며 일사불란하게 자리를 넓히고 있었다.

"네놈이 지금 호북삼장(湖北三將)을 몰라보는 것이냐!"

"유명한가?"

"저런 이름은 대략 수백쯤 있죠. 애초에 유명한 이들이었다면 멍청하게 이런 곳에서 고함을 지르지 않아요."

주변에 앉아 있던 이들의 눈매가 서늘해지고 있음을 알 수 있었다. 즐겁게 술을 마시고 있는데, 갑작스레 찬물을 끼얹은 자가 마음에 들 리 없었던 것이다.

"하긴 적당히 말려주는 게 좋겠군."

"저희 쪽에서 나설 거예요."

이미 장령의 눈짓에 덩치가 큰 거한 둘이 서서히 호북삼장이란 자들의 뒤로 향하고 있었다.

그러나.

가만히 그들의 읏박을 듣고 있던 청아가 차갑게 말을 이었다.

"이제 다 떠들었겠지?"

그 순간.

청아의 오른손이 허리춤의 칼자루를 잡는 것과 동시에 왼손이 탁자의 위쪽을 내려쳤다. 그 반동으로 의자에서 일어선 그의 오른손에서 은빛 칼날이 뽑혀 나왔다.

발검(拔劍)은 순식간이었다.

사람의 살이 베어지는 소리.

그와 함께 핏물이 튀었다.

"크아아악!"

호북삼장의 한 명이 비명을 지르며 뒤로 나가떨어졌다. 오른쪽 어깨를 깊숙이 베어낸 칼날은 가슴까지 내려앉는 상처를 입혀놓은 뒤였다.

그는 심각한 고통에 마구 팔을 휘저으며 비명을 지르고 있었다.

청아는 차가운 눈으로 남은 둘을 쳐다보았다.

호북삼장의 두 명은 그와 동시에 갖고 있는 무기를 붙잡았다. 아무리 한 명이 베였다 해도, 둘이서 덤빈다면 처리하지 못할 것이 없다는 생각에서였다.

"이놈……! 대형(大兄)을!"

푸욱!

그와 동시에 청아의 검이 소리를 친 자의 어깨에 꽂혔다.

"으아악!"

보이지도 않았다. 단숨에 땅을 박차나 싶더니 그의 칼날이 몸에 박혀 있었던 것이다.

그쪽을 바라보던 이들은 그것에 슬쩍 눈살을 찌푸렸다. 방금 전의 일수(一手)가 상당하다는 것을 다들 눈치챘기 때문이었다.

"호오."

운요 역시 감탄하는 중이었다.

"더 골치가 아파지네요."

장령은 머리를 감싸며 한숨을 내뱉을 뿐이었다. 운요는 내심 소하를 바라보았다. 아마도 소하가 막기 위해 나서리라 생각했기 때문이다.

하지만 가만히 있다.

"음?"

운요는 소하가 예상외로 침착한 것에 고개를 갸웃거렸다.

"의외네. 바로 달려갈 줄 알았는데."

이전 초량의 일과 같이 바로 그녀를 가로막을 줄 알았다. 그러나 소하는 조용히 청아의 움직임을 바라보고 있을 뿐이었다.

청아가 있는 쪽에서는 더욱 소란이 일고 있었다. 다른 한 명마저 단숨에 쓰러지자 남은 하나가 겁에 질렸는지 허공에 마구 칼을 휘두르기 시작한 것이다.

"오, 오지 마라!"

청아는 차갑게 그를 노려보고 있었다.

또다시 뻗어지는 검.

째앵!

청아는 자신의 팔이 옆으로 튕겨 나가는 것에 눈을 부릅떴고, 그와 동시에 목소리가 들렸다.

"그만하시게, 소협."

그곳에는 길쭉한 창이 있었다.

호북삼장의 한 명은 식은땀을 줄줄 흘리다 이내 저도 모르게 주저앉았다. 방금 전 청아의 공격을 자신은 전혀 인지하지 못했기 때문이다.

"넌 뭐지?"

청아의 노기 섞인 목소리에 창을 든 자는 허헛 하고 웃음을 흘렀다.

"이거 참 호기(豪氣)가 짙은 청년이로군."

창을 뻗은 자는 가볍게 선 채로 한 손으로 창대를 쥐고 있었다. 단순히 그것만으로 청아의 일검을 막았다는 이야기다.

"나는 호연작(弧連芍)이라고 하네."

그 말에 주변이 술렁이기 시작했다.

"호연작… 만련창 호연작이다!"

"무림칠객(武林七客)의 일인이 아닌가!"

곧 몇 명의 눈이 번쩍인다. 그것은 운요 역시 마찬가지였다.

장령의 표정이 더욱 시름에 젖었다. 싸움이 더 커질 것만 같은 예감에서였다.

"소협들께서도 혹시 위험하면 밖으로……."

"이건 더 의외네."

턱을 괸 운요는 이내 재미있다는 듯 술병을 기울여 잔에 따르고 있었다. 아무런 신경을 쓰지 않는다는 듯 말이다.

그리고 소하는 호연작이 아닌 청아를 바라보고 있었다.

청아는 호연작이라는 고수의 이름이 나왔음에도 한 점의 흔들림 없이 그를 노려보는 중이었다.

"누군지는 모르겠지만… 대신하겠다면 받아들이지."

"재미있는 청년이군."

빙긋 웃은 호연작은 이내 거뭇하게 탄 뺨을 실룩였다. 그 안에 깃든 것은 엄연한 분노였다.

"굳이 싸우지 않아도 될 싸움을 일으키겠다면… 벌을 주는 것도 선배의 도리겠지."

그는 그리 말하며 창대를 양손으로 부여잡았다.

분위기가 단숨에 일변했다.

싸늘하게 호북삼장을 바라보던 이들은 이내 호연작이 나타나자 관심 있다는 표정으로 그 상황에 집중하고 있었던 것이다.

"유명해요?"

"무림칠객이라면 꽤나 대단한 배분이지."

운요 역시 턱을 괸 채로 그 상황을 지켜보고 있었다.

"호연작이라면 호가창법(弧家槍法)의 고수일 텐데."

"칠객 중에서도 손꼽히는 분이죠."

장령도 말을 보태고 있었다. 그녀도 무림의 여인인 만큼 다른 고수들의 무공에 강한 흥미를 지니고 있었다.

"저 친구도 슬슬 상황이 이상해져 간다는 걸 알겠지… 이래서 괜히 날뛰면 자기 몸을 망치는 법이야."

운요는 킥킥 웃음을 지었다. 내심 청아가 한 번 크게 혼쭐이 나길 바라고 있었기 때문이다.

아무리 무림이라 해도 암묵의 규율이 존재한다. 무기를 지녔다고 해서 아무 데서나 칼을 휘두르는 건 망나니나 하는 짓이지 무림인이 할 짓이 아닌 것이다.

호연작은 창대를 붙잡으며 편안한 눈으로 청아를 바라보고 있었다.

"오지 않는가?"

그는 청아가 당장에라도 덤벼들 줄 알았다는 말투로 그리 물었다. 그러나 청아는 입을 다문 채 호연작을 바라보고 있었을 뿐이었다.

"후회가 든다면 여기서 끝내세. 자네의 사과 한 마디면 모든 게……."

"무얼 잘못했다는 거지?"

청아의 목소리는 여전히 비수처럼 싸늘하고 날카로웠다.

"저들은 주변에 있는 이들에게 주먹을 휘두르고 멋대로 그들의 돈을 갈취하려 했다."

호북삼장은 실제로 그러했다. 옆자리에 있는 허약해 보이는 생원 하나를 부여잡고 그를 협박했고 보다 못한 청아가 중얼거린 한 마디에 발끈해 다가왔을 뿐이다.

"당신은 그런 자들을 보호하려는 건가?"

주변이 웅성였다.

"그럼에도 무인인가?"

"허어, 이것 참."

호연작은 고개를 슬쩍 기울였다. 그러나 여전히 그는 느긋한 눈으로 청아를 바라보고 있었다.

"그렇다고 해서 타인을 베는 게 옳다고 말하는 것인가?"

"도를 어지럽힌 자는 벌하는 게 당연한 일이다."

"올곧군."

그 순간 대기가 일렁였다.

호연작의 몸에서 강렬한 내공의 기운이 쏟아지기 시작한 것이다.

"하지만 그 역시 잘못임을 일깨워 주지."

청아의 눈에서 형형한 기운이 뿜어져 나왔다. 그 역시 호연작을 상대하기로 마음먹었던 것이다.

"피하기 어렵겠군. 둘 다 자존심이 세니 문제야."

운요는 툴툴거리며 고개를 저었다. 그냥 고개를 한 번 숙이면 끝날 일이다. 그러나 이들은 절대 물러서지 않겠다는 듯 진득한 기운을 내뿜으며 서로를 노려보고 있었다.

당장에라도 두 사람이 부딪치려는 무렵.

"청아야!"

소리가 들려왔다.

정신없이 안으로 달려들어 군중들을 헤집고 나온 자는 바로 가운악이었다.

그는 상황을 본 즉시 청아에게로 달려가 그의 팔을 거세게 붙잡았다.

"이게 무슨 짓이냐!"

짝!

소리가 들렸다.

가운악이 거칠게 청아의 뺨을 후려갈긴 것이다.

청아 역시 너무나도 당황해 쉽사리 말을 잇지 못하는 모습이었다.

"사… 형……."

"누가 너에게 이런 짓을 하라고 말했더냐!"

가운악은 주루가 다 울리도록 쩌렁쩌렁 소리를 지른 뒤 다급하게 몸을 돌렸다.

"저희 사제가 불민(不敏)하고 어수룩해 무림의 법도를 제대로 알지 못했습니다."

포권한 뒤 그는 몸을 푹 숙였다. 그 모습에 청아의 눈이 더욱 일그러질 수밖에 없었다.

"부디 용서를 바랍니다! 대협!"

상황이 이상해졌다.

호연작은 잠시 가운악의 구부러진 허리를 바라보더니만 허소리와 함께 창을 거두었다.

"이런 상황에서 내가 계속 하자고 할 수도 없는 노릇이지. 따지고 보자면… 그쪽의 말이 맞기도 하니까."

말을 마친 그는 엄격한 눈으로 호북삼장을 노려보았다. 모두가 상처에 신음하면서도 도망치고 싶은 듯 질질 팔을 끌어 멀어지려 하고 있던 참이었다.

"저들에 대한 일은 내가 인계받아 확실하게 벌을 내리지. 무림의 법도와 관의 법도는 다른 것이니."

"정말 감사합니다!"

가운악의 고함에 청아는 입술을 꽉 깨물며 고개를 숙였다.

호연작은 입가에 희미한 미소를 머금으며 말을 이었다.

"괜찮으니 고개를 드시게."

겨우 눈을 드는 가운악에게 고개를 끄덕여 준 호연작은 창대를 다시 등에 짊어지며 슬쩍 청아를 쳐다보았다.

그는 아직도 분한 눈으로 바닥을 노려보고 있는 중이었다.

"분기(憤氣)는 이해하네만 그러다간 빨리 죽게 될 걸세."

호연작은 그 말과 함께 척척 자리를 벗어났다. 하오문의 거한들에게 호북삼장을 들려 보내는 것은 덤이었다.

주루의 인물들은 곧 관심을 거두기 시작했다. 그들이 보고 싶었던 건 호연작의 무공이지 청아나 가운악이 아니었기 때문이다.

"사형 때문에 살았구만."

운요는 킥킥 웃음을 지었다. 장령 역시 한시름 놓았다며 고개를 젓는 중이었다.

"무림의 고수 분들이 싸우면 주루가 남아나지를 않아요. 피해를 청구하기도 어려운 경우가 많고."

"하긴, 그것도 골치겠소."

운요는 문득 소하가 아직도 청아와 가운악 쪽을 바라보고 있다는 것을 알아챘고, 그에게로 고개를 돌렸다.

"왜, 무슨 일 있어?"

"아뇨. 그냥……."

소하는 이내 눈을 거두며 앞에 놓인 음식을 집어 먹었다.

주루는 금방 원래대로 돌아오긴 했지만 소하의 머릿속에는 여러 생각들이 흐르고 있던 터였다.

"비무초친에 대해서 더 궁금한 건 없으신가요?"

장령의 물음에 소하는 흠 소리를 냈다. 확실한 건 아무것도 없다. 그는 그저 유원이 어떤 일에 말려들어 있는지를 알고 싶었던 것뿐이다.

"그럼……."

가장 궁금했던 것.

"그 백유원이라는 사람은… 행복할까요?"

장령의 입이 다물어졌다.

평소였다면 그저 웃으면서 대꾸하는 것으로 해결될 일이었건만, 소하의 목소리에 담긴 감정들에 그러한 것을 들이밀었다간 스스로가 부끄러울 것만 같았다.

"제가 아는 한."

그녀는 착잡한 표정으로 중얼거렸다.

"당금 무림에서 비무초친으로 혼인한 여인들 중… 행복한 이는 전무하다시피 하답니다."

소하는 아무 말도 하지 않았다.

"그렇게 궁금하시다면 한 번 방문해 보는 건 어떠신가요?"

장령의 입가에 미소가 내걸렸다.

"방문?"

운요도 궁금하다는 표정을 짓자 그녀는 고개를 끄덕였다.

"청성신협이 계신데 그 누가 거절할 수 있겠어요. 더군다나… 하오문 역시 그 자리에 참석하게 되어 있죠."

그녀는 다정하게 웃으며 손을 흔들어 보였다.

"내일 백영세가를 방문해 보세요."

* * *

청아는 길을 걷고 있었다. 주루를 벗어나 돌아가는 동안 가운악은 단 한마디도 꺼내지 않았다.

뺨이 욱신거린다.

그는 입술을 꽉 깨물어도 보았지만 가슴속에서 일고 있는 부당함이 도저히 해소되지 않았다.

애초에 가운악과 청아의 목적은 다른 곳에 있었기에 그들은 해야 할 일을 우선적으로 해결했다.

그리고 한참을 걸어 골목을 돌아서 나간 뒤에야 가운악이 말을 꺼냈다. 묵는 숙소가 가까이 다가와 있었을 때였다.

"대체 왜 그랬느냐."

그의 목소리는 심하게 가라앉아 있었다.

"그들은 약한 이들을 괴롭히고 있었습니다."

가운악은 깊게 한숨을 내뱉었다.

"하지만 그렇게 공개된 장소에서 그들에게 검을 휘둘러야만 했느냐?"

"언제 어디서라도 벌어지는 악행에 눈을 돌리지 말라고 태사조께서……."

"청아야!"

가운악은 고함을 질렀다. 졸고 있던 점소이가 당황해 그들을 바라봤지만 가운악은 안에 들어서서도 전혀 목소리를 줄이지 않았다.

"그런 말이 아니다! 네가 한 짓은 명백히 위험한 일이었어!"

가운악은 답답하다는 듯 주먹을 꽉 쥐었다.

"그자와 싸웠으면 어찌했을 거냐! 그자가 쓰러졌다면 주변의 무인들은!"

청아는 아무 말도 할 수 없었다. 가운악의 말이 맞다고 스스로도 느끼고 있었기 때문이었다.

"태사조 어르신의 말씀도 옳다. 하지만… 네 목숨을 잃게 되면 본산(本山)의 모두가 얼마나 상심할지에 대해서는 알고나 있는 것이냐!"

그 말에 청아의 어깨가 움찔 떨렸다.

"죄송합니다."

"너는 대체… 으! 아니다. 너를 혼자 보낸 내가 잘못이지."

가운악은 깊은 한숨을 몇 번이나 더 내뱉은 뒤 성큼성큼 방으로 올라가 버렸다. 그 뒤로 입을 꾹 다문 채 서 있던 청아는 이윽고 문이 닫히는 것에 조용히 숨을 내뱉었다.

고개를 숙인 채 침묵을 지키던 그는 이윽고 몸을 돌려 밖으로 나섰다. 지금 당장 객잔의 방 안에 틀어박혀 있을 기분이 아니었던 것이다.

그런데.

"야, 만두 맛있다."

"그렇죠? 아까 그분이 여기 고기만두가 맛있다고 그러더라구요."

"하여간 정보기관의 말을 들어서 나쁠 게 없어요."

서로 태평한 대화를 중얼거리며 걷고 있는 소하와 운요가 눈에 들어왔다.

더군다나 소하는 품에 만두가 가득 든 목통(木桶)을 든 채 걸음을 옮기고 있었다.

"어……?"

그러던 중 청아를 알아본 두 명이 목소리를 냈지만 그는 화급하게 걸음을 옮겨 객잔 옆의 좁은 골목으로 들어가 버린 뒤였다.

"싸웠나 보네."

운요가 그리 말하며 만두를 크게 베어 물자 소하는 잠시 골목을 바라보다 이윽고 객잔 안으로 들어섰다.

청아는 으득 이를 깨물었다. 조용히 생각을 하고 싶었건만, 귀찮은 작자들이 정신을 산만하게 만들었던 것이다.

'성가신 놈들.'

그는 벽에 몸을 기대며 고개를 푹 숙였다.

사형의 마음도 이해한다.

하지만 그걸 지나치고서야 진정한 무인이라고 할 수 있는 것일까? 가슴속에서 부글거리는 기분은 바로 그 의문 때문이었다.

괜스레 눈물이 났다.

청아가 손가락으로 눈을 부비는 동안 부스럭거리는 소리가 들렸다.

"저기, 이거 좀 먹……."

청아가 붉어진 눈으로 옆을 쏘아보자 그곳에는 소하가 서 있었다.

"뭐지?"

"만두."

소하는 목통에서 만두 하나를 꺼내 내밀었다. 이미 안쪽의 점소이와 숙수에게도 하나씩 건넸기에 목통 안에는 두 개밖에 남아 있지 않았다.

소하는 자신의 것도 꺼내 한 입을 베어 물었다. 아직 열기가 남아 있어 뜨거운 기운이 모락모락 올라오고 있었다.

"날이 덥긴 해도 진짜 맛있어."

"언제 봤다고 반말이지?"

"너도 하길래."

옳은 말이다.

청아가 읏 소리를 내며 입을 다물자 소하는 씩 웃으며 만두를 내민 손을 살짝 흔들었다.

당장 쳐내 버리고 싶었지만, 그래서는 또 귀찮아질 거란 걸 깨달은 청아는 그걸 받아든 뒤 손을 내렸다.

"내게 무슨 용무지?"

"만두 먹으라고."

소하는 그 말을 끝으로 더 이상 말을 잇지 않았다. 그저 우적우적 만두를 먹는 데에 열중할 뿐이었다. 심지어 이마와 관자놀이에서 땀이 흘러내리는 데도, 먹는 것에 몰입해 알지 못하는 모양이었다.

워낙 복스럽게 먹고 있는 데다, 청아 역시 오늘 하루 동안 제대로 먹은 것이 아무것도 없는 터였다.

결국 그 역시 조심스럽게 만두를 입에 넣을 수밖에 없었다.

'독은 없겠지.'

혹시나 싶어 내공심법까지 돌워보았지만, 다행히 독이 든 기색은 없어 보였다.

이내 소하가 만두를 다 먹어치운 뒤 벽에 기대어 하아 소리를 냈다.

"여긴 시원해서 좋네."

"……."

청아는 묵묵히 작은 동물처럼 만두를 작게 씹어먹고 있을 뿐이었다.

잠시 그의 옆모습을 바라보던 소하는 이내 조용히 중얼거렸다.

"왜 남장(男裝)을 하고 있는 거야?"

"푸웃!"

만두피와 속이 뱉어져 나왔다. 몇 번이고 기침을 반복한 청아는 당황한 표정으로 소하를 바라보았다.

'뭐, 뭐지?'

완벽한 위장이었다.

이제까지 그 누구도 청아가 여인이라는 사실을 알지 못했던 것이다.

"네놈……!"

그러나 칼은 없다. 이미 가운악이 압수해간 뒤였다.

청아가 내공을 일깨우며 눈을 빛내자 소하는 한숨을 쉬며 손사래를 쳤다.

"그냥 비슷한 일이 있어서 느낌으로 알았어."

이전 소하는 마 노인의 무림행 이야기를 들을 적에 남장에 필수인 변장술에 대해서도 얼핏얼핏 들어본 기억이 났다.

실제로 무림의 여인들은 무림을 활보할 일이 생기면 대부분 남장을 하게 마련이기에 알아둬서 나쁠 게 없다는 소리다.

그걸 알아서 무엇 하냐는 소하의 질문에 마 노인은 콧방귀를 뀌었다.

"하여간 어리석은 놈이로다. 봐라. 다들 남자라 생각하고 대충 대하고 있는 가운데 네가 딱 잘해줘 봐라. 그럼 어떻게 되겠냐? 이게 다 연정의 시작이고 운우(雲雨)의 기반이지."

운우가 뭐냐는 질문에 마 노인은 격하게 큼큼 소리를 내며 소하가 맹랑하다며 그의 머리를 쿵쿵 때렸던 기억도 함께 일었다.

'생각해 보니 별걸 다 말해주셨었네.'

실제로 청아가 당황해하는 것을 보아 그래도 아무나 아는 기술은 아닌 모양이었다.

자기도 모르게 씹던 것을 뱉어냈었기에 청아는 황급히 입을 닦으며 소하를 노려보고 있었다.

"그, 그게 너랑 무슨 상관이지?"

"상관은 없는데… 그냥 궁금해서."

소하는 빈 목통을 아래로 내리며 벽에 몸을 전부 기댔다.

"친한 척하지 마라."

청아는 으득 이를 악물었다. 그렇다. 실제로 여자의 몸인 청아는 무림행을 위해 남장을 하고 사형인 가운악과 함께 이곳에 도착한 터였다. 이제까지 누구도 청아가 여자라는 사실을 알지 못했기에 소하를 경계할 수밖에 없었다.

"너도 다치고 싶나?"

"아까 그 사람들… 호북삼장이랬나."

소하는 손가락에 묻은 만두피들을 떼어내며 중얼거렸다.

"아무도 안 죽였잖아."

청아의 몸이 흠칫 멈췄다.

"죽일 수 있었는데도."

그렇다.

청아의 검은 그들의 어깨나 팔 등을 찔렀을 뿐이지 사실 목숨이 위태로울 지경까지 몰아넣지 않았다. 게다가 그녀는 능히 그럴 만한 힘과 기술이 있었음에도 말이다.

소하는 그걸 알아채고 있었다.

순간 눈살이 일그러진 청아는 이내 소하를 노려보다 고개를 돌렸다. 그와 더 이상 대화를 나눠봤자 기분만 나빠질 뿐이라는 걸 알아차린 것이다.

"대단하다고 생각했어."

"……."

슬쩍 청아 쪽을 바라본 소하는 이내 픽 웃음을 지었다. 딱히 거창한 말을 하러 온 것은 아니었다. 그저 그런 행동을 한 청아와 조금 더 이야기를 해보고 싶을 뿐이었다.

그러나 그녀가 꾹 입을 다문 채로 서 있자, 소하는 벽에서 떨어지며 몸을 돌렸다. 이야기를 하기 싫다면 오래 있을 생각도 없었던 것이다.

순간 청아는 그런 소하를 흘깃 바라보았지만 몇 번이고 입을 작게 벌렸다 닫을 뿐 다른 이야기는 하지 않았다.

"그럼 가볼게."

목통을 챙겨서 사라지는 소하의 모습에 청아는 시선을 아래로 내리며 깊게 숨을 내뱉었다.

"네 정체는 철저히 비밀로 해야만 한다."

여성이 천대받는 무림의 정황상 청아의 정체를 알려서는 안 된다고 본산의 장로들은 가운악과 청아에게 몇 번이고 주의를 주었었다. 그것이 곧 품위(品位)에 이어지는 길이라는 것을 알았기에 청아는 거절할 수 없었다.

'나로는 안 된다는 것이겠지.'

그렇기에 화가 났다. 여성의 몸이라고 해서 무엇이 모자라다는 것인가? 똑같이 칼을 붙잡고, 휘두를 수 있거늘. 그것이 무어라 부족하여 남자의 몸으로 스스로를 숨기고 무림행을 떠나야 하는지 그녀는 제대로 알 수 없었다.

가운악 역시 그 결정을 싫어했지만 청아를 위해 자신이 흔쾌히 본산에서 나가는 것을 수락했다.

거기까지 생각이 이르자 그녀는 입술을 살짝 깨물었다. 가운악이 자신을 혼내기는 하지만 그는 분명 청아를 가장 아끼고 위해주는 사형이었다.

'다시 한 번 사과드려야겠지.'

그녀는 입에 남은 만두의 맛을 다시 떠올리며 후우 하고 길게 한숨을 내뱉었다.

"저기……!"

청아의 외침에 걸어가던 소하는 몸을 돌렸다. 아직도 씹던 만두가 남아 있었는지 볼이 불룩하게 부풀어 있었다.

청아는 부끄러운지 얼굴이 조금 발갛게 달아올랐다. 사실상 무림행에서 처음으로 제대로 알지 못하는 남성에게 적의 없이 말을 걸어본 것이기 때문이다.

"그 만두… 어디서 산거지?"

*　　　*　　　*

"후우."

가운악은 한숨을 내뱉었다. 방에 틀어박혀서 이것저것을 생각하고 있으려니 자괴감이 가득 몰아쳤었던 것이다.

'내 감정을 못 이겨서 화를 내다니.'

스스로를 수습하고 다스리는 것에 가장 큰 의미를 두는 본문의 가르침을 제대로 이행하지 못한 탓이다. 가운악은 자신을 책망하며 한숨을 크게 내쉬었다.

혹시나 청아가 들어오면 맛있는 밥이나 사주기 위해, 방에서 고민하던 중 전낭을 뒤져 돈을 꽤나 꺼내온 터였다.

자던 점소이까지 깨워서 오리 구이 하나를 부탁해 놓았건만, 막상 청아가 들어오지 않고 있었다.

냄새 때문에 다른 이가 끌려 나온 게 문제였다.

"오, 고기 아닌가!"

가운악의 눈이 뒤로 돌아갔다. 옆방에서 나온 운요는 제대로 묶지도 않은 머리를 긁적이며 밖으로 나오고 있었다.

"아까는 못난 꼴을 보여드려 죄송합니다."

"아닙니다. 뭐… 가까운 사형제 간에는 늘 잔바람이 치는 법이죠. 저도 그렇습니다."

씩 웃은 운요는 거침없이 가운악의 맞은편에 앉았다. 사실상 이 객잔에는 두 명밖에 남아 있지 않은 모양이었다.

"괜찮으면 드시겠습니까?"

"그럼 술은 제가 사죠."

고기 냄새에 이끌려 나온 만큼 운요는 즉시 점소이를 불러 술을 주문했다.

가운악의 표정이 조금 난감해졌다. 그는 이제까지 수련에 열중하느라, 술을 마셔본 적이 없기 때문이었다.

"제가 주도(酒道)를 제대로 배우지 못해……."

"어허? 그럼 더욱더 드셔봐야 합니다. 무림에서는 술만 잘 마셔도 바라는 일의 절반은 이룰 수 있다고들 하지 않습니까?"

"절반?"

가운악의 말에 운요는 씩 웃으며 손가락을 비볐다.

"술을 잘 마시는 이는 친우(親友)를 사귀기 쉬운 법입니다."

"그건 새롭군요."

가운악은 희미한 웃음을 보인 뒤 운요에게 접시 하나를 나눠주었다. 어차피 청아가 들어오지 않을 거라면 운요와 조금 대화를 하는 것도 나쁘지 않았다.

"운 형께서는 호북에 어쩐 일이십니까?"

"동행인이 들를 일이 있어서 말이지. 그쪽은 아마… 백영세가에 일이 있으신 거겠지?"

가운악은 미소를 지으며 고개를 끄덕였다.

"그렇습니다. 연백룡 대협을 볼 기회도 되겠군요."

"비무대회에도 나설 생각인가?"

그것에 가운악은 흠 소리를 냈다.

"아직은 잘 모르겠습니다. 그게 목적이 아닌 데다… 백영세가의 눈에 들고픈 마음은 없으니까요."

"하긴, 그럴 만하군."

히죽 웃은 운요는 점소이가 가져온 백주(白酒)를 한 잔 따라 가운악의 앞에 놓았다.

운요야 워낙 말술이라 그렇다 쳐도, 가운악이 처음 먹기에는 너무나 독한 술이었기에 그는 차까지 곁들여 놓은 뒤였다.

"실력을 감추고 있으니."

"……!"

가운악의 눈이 슬쩍 운요를 향했다. 청아와 있을 때는 다급하고 감정의 동요를 여럿 보이는 듯했지만 가운악의 눈은 차갑게 정련(精練)되어 있었다. 운요가 하는 말에 뜻이 숨어들어 있다는 것을 알기 때문이었다.

"제가 볼 때는 운 형 역시 마찬가지로군요."

두 사람 다 서로가 힘을 숨기고 있다는 사실을 알았다. 운요는 가운악에게서 심상치 않은 내공의 기운을 엿볼 수 있었다. 그가 익힌 청량선공은 상대의 힘을 알아볼 때에도 유용하게 쓰일 수 있었다.

'비무대회에는 참석할 마음이 없다는 건가.'

이들의 정체를 정확하게는 알 수 없지만 운요는 혹시 이 사형제가 자신들을 미행하거나 비슷한 목적을 지니지 않았는지 의심하고 있었다. 만남이 우연했고, 또 여럿 싸움을 목격했기 때문이다.

가운악은 가운악 나름대로 자신들의 목적을 운요와 소하가 방해하지는 않을지에 대해 의심하고 있었다.

서로가 서로에게 웃음을 보이며 음식을 함께 먹고는 있지만, 속내는 첨예하게 부딪치고 있었던 것이다.

"돈을 너무 많이 쓴 거 아니야?"

"더, 덤을 더 준다고 했으니까!"

그 순간 뒤쪽에서 소란이 일었다.

웃으며 서로를 바라보고 있던 가운악과 운요는 동시에 인상을 찡그릴 수밖에 없었다. 전혀 예상치도 못한 광경이 눈앞에 보였기 때문이다.

그곳에는 목통 두 개를 쌓은 채로 들어오는 소하와 똑같이 두 개를 든 채로 들어오는 청아가 있었다. 놀라운 것은 그 둘이 서로 자연스럽게 대화를 하고 있다는 점이었다.

"너도 많이 샀지 않나!"

"음… 맛있었으니까……."

투닥대면서 들어온 두 명은 이내 동그랗게 뜬 눈으로 자신들을 바라보고 있는 운요와 가운악을 보고는 고개를 갸웃거렸다. 청아와 소하가 보기에는 둘이 함께 동석해 밥을 먹고 있는 것도 충분히 기이한 일이었던 것이다.

"이게 무슨……?"

가운악의 희미한 물음에 소하는 씩 웃으며 청아를 가리켰다.

"얘가 사과하고 싶다고 해서요."

"다, 닥쳐!"

청아가 왼손을 휘두르자 소하는 능숙하게 허리를 빼며 그 손을 피해내고 있었다.

"돈은?"

운요가 말하자 소하는 전낭을 흔들어 보였다.

"만두로… 그걸 다 쓰면……."

골치 아프다는 표정을 지은 운요는 이내 후우 하고 한숨을 쉬고는 상의 한쪽을 치워 자리를 만들었다.

"뭐, 일단 먹자. 그쪽 분도 이리로 오시오. 동생도 많이 미안

했던 모양인데."

"흠, 흠!"

운요가 그리 말하자 가운악은 화급히 기침을 해댔다.

청아 역시 놀란 표정을 지을 뿐이었다. 그러나 이윽고 살짝 손을 꼬물거린 청아는 소하와 함께 자리에 앉으며 만두를 턱턱 쌓아놓았다.

"아이고, 이거 좀 나눠 줘야겠다. 거기! 이것 좀 받아가시오!"

그것에 졸다 깬 점소이가 황당한 표정을 지었고 운요는 기어이 그에게 만두 한 통을 건넨 뒤 돌아왔다.

"이렇게 된 이상 성대하게 먹세. 이놈이 이틀 식비를 전부 만두에다 처박았으니까!"

"그게 이틀치였어요?"

소하의 머리를 마구 헝클어뜨린 운요는 이내 흑흑 소리를 내며 잔에 술을 따르고 있었다.

자리에 앉은 청아는 슬쩍 가운악의 안색을 살폈다. 평소 굳은 표정에 책망을 잘 하는 사형이 자신에게 미안해 비싼 오리구이까지 시킬 줄은 몰랐기 때문이다.

그것에 가운악은 손수 고기를 떼어 청아의 접시에 얹어주었다.

"어서 먹어라, 식겠다."

"네, 사형."

이내 젓가락을 들어 그것을 입에 집어넣은 청아는 이내 미소를 지었다.

식사는 꽤나 떠들썩하게 진행됐다.

"그럼, 운 형이 바로 그 청성신협이시구려!"

술을 마시고 나니 가운악은 말이 트여 운요와 여러 이야기를 나누고 있었다. 게다가 운요의 사문이 이제는 멸문했지만, 과거 구파에 속해 명예를 떨쳤던 청성이라는 것을 알고는 더욱 상기된 표정이었다.

"뭐, 이제 사라진 문파요."

운요는 덤덤하게 그리 말했다. 청성파의 위명이 아무리 높았다고는 하나, 지금은 운요와 연철 두 명밖에 남지 않은 상태였다.

"그렇다고 해도 그 절학이 어디 가는 건 아니겠지요. 게다가 청성파의 비검까지 익히셨다 들었는데… 비홍청운의 계보가 끊어지지 않아서 다행입니다."

운요의 입가가 살짝 말려 올라갔다.

"자세히 아는군."

그 말에 옆에서 계속 귀찮게 구는 소하에게 인상을 찌푸리고 있던 청아는 황급히 눈을 돌렸다.

가운악 역시 조금 굳어진 표정을 짓고 있었다. 자신이 실언했음을 인지한 것이다.

"도가 계열의 검공에 구파의 무공에 대해 자세히 아시는 분들은 흔하지 않지요."

운요는 네 병째의 술을 비우며 씩 미소를 지었다. 이미 가운악과 운요의 얼굴에는 붉은 기운이 가득 올라와 있었다.

"저희는……."

"여기서 괜히 입을 놀려서 다른 이들의 시선을 받을 필요는 없겠지."

운요는 그리 말한 뒤 눈을 껌벅였다. 취기가 가득 올라와 금방이라도 두 눈꺼풀이 닫혀 버릴 것만 같았다.

"한 번 견식해 보고 싶었는데, 아쉬울 뿐일세."

가운악은 침묵을 지키고 있을 뿐이었다.

"사문의 명이 있어서, 안타깝게 되었군요."

가운악의 실력은 상당해 보였다. 운요 역시 일말의 호승심이 올라오는 것을 느꼈지만, 굳이 지금 이 좋은 관계를 해쳐가면서까지 얻어내야 할 것은 아니었다. 그저 지금은 웃으면서 술잔을 기울이는 게 좋았다.

안도의 한숨을 내쉰 청아는 이윽고 옆에 있는 소하를 바라보았다.

"앗……!"

"엉?"

그녀의 목소리에 운요와 가운악은 동시에 옆을 쳐다보았다.

소하가 물인 줄 알고 백주가 가득 든 잔을 들이켠 모양이었다.

"아이고……."

목이 말랐던지라 가득 삼켜 버렸다.

단숨에 얼굴이 새빨개진 소하는 하늘이 빙빙 도는 것에 고개를 이리저리 돌려대고 있었다.

"여기까지 해야겠군."

씩 웃은 운요는 소하를 받치며 그를 일으켰다. 어차피 천양진기의 기운 때문에 금방 취기는 해소가 될 테니, 얼른 눕혀놓으면 될 일이다.

가운악도 의자를 밀어 소하를 부축해 주며 말을 이었다.

"말벗이 생겨 기뻤습니다."

"내일도 만날 테니 그때도 기대하지."

운요는 소하를 부축한 채로 계단으로 향했다.

점소이가 접시를 치우는 동안 가운악은 끙 소리를 내며 이마를 짚었다.

"너무 마셨군."

"확실히 그렇습니다."

청아의 날카로운 말에 가운악은 난감한 듯 옆머리를 긁적거렸다. 늘 청아에게 정체를 숨기라 신신당부하던 자신이 그만 취기에 넘어가 버린 것이다.

"미안하게 됐다. 좀 더 주의했어야 하는데."

"아닙니다."

청아 역시 소하에게 자신이 여자라는 사실을 들켜 버린 뒤였다. 말했다간 불호령이 뒤따를 게 뻔했기에 아무 말도 하지 않았지만, 운요와 소하에게 자신들의 비밀을 조금씩이나마 들킨 건 확실히 꺼림칙한 일이었다.

"그래도 좋은 이들이구나."

가운악은 후우 하고 숨을 내뱉으며 중얼거렸다.

"오랜만에 크게 경계를 하지 않고 편하게 밥을 먹어본 것 같다."

확실히 그랬다.

청아에게 있어 무림에서 처음 본 이와 어딘가를 동행해 본 적은 없었다. 계속 말을 걸어대는 소하 때문에 그런 것이었을까. 자신도 모르는 기분이 들었다.

"올라가죠."

"먼저 가 있어라. 나는… 볼일이 좀 있으니."

그 말에 청아는 묘한 표정을 지었지만, 이내 고개를 끄덕이고는 위로 향했다. 내일 아침 일찍 백영세가로 나가기 위해서는 미리 자두는 게 편했기 때문이다.

점소이도 안으로 들어가고 숙수도 자신의 방으로 향하고 있었다.

객잔의 불이 꺼지자 가운악은 홀로 탁자에 앉아 있던 몸을 일으켰다.

"늦었군."

그가 앉아 있는 창가의 옆쪽에는 누군가의 몸이 그림자에 숨어 있었다.

"신중해야 했습니다."

"취기가 심하니 바로 읽지."

창틀 안쪽으로 손가락이 들어온다. 그 안에는 조그마한 서신 하나가 접혀 있었다.

가운악은 그것을 받아 조심스럽게 펼쳤다. 다행히 달빛이 밝아, 조명이 없이도 내용을 읽을 수 있었다.

그리고 그의 미간이 일그러졌다.

"이게 무슨 소리지?"

"저도 내용은 모릅니다만."

그는 그리 말한 뒤, 조용히 한 마디를 덧붙였다.

"본산의 뜻입니다."

가운악은 떠나가는 자의 뒷모습을 잠시 노려보다 이윽고 서신을 손으로 붙잡았다. 종이가 구겨지는 것도 상관하지 않은 채, 가운악은 꽉 입술을 깨물었다.

"이게 대체… 무슨 소리란 말인가."

第二章
진입

다음 날, 운요는 몸이 축 처질 것만 같은 무기력함을 느끼며 잠에서 깨어났다.

평소 기루에서 살다시피 했던 때 늘 달고 살던 것들이 오랜만에 덕지덕지 머리에 붙어 있으니 몸이 무겁기 그지없었다.

반면 소하는 한 잔을 먹고 쓰러진 주제에 잘도 일어나 뒷마당에서 씻고 나오는 길이었다.

천으로 얼굴을 닦은 소하는 운요의 방 앞을 부산스레 지나가고 있는 터였다.

"대단도 하다, 대단도……."

운요는 그리 일어난 뒤 얼른 준비를 마쳤다. 아침부터 백영세가에 들어가기 위해 많은 이가 대기를 하고 있을 게 뻔했기 때문이다.

"저쪽은 이미 나갔네요."

청아와 가운악은 아침 일찍 밖으로 나선 듯했다. 운요는 산발이 된 머리를 손으로 누르며 고개를 끄덕였다. 아마 다들 앞자리를 잡기 위해 열심인 모양이었다.

"하여간 남들 싸우는 일에는 열성이야."

밖으로 나서자, 아직 해가 중천에 뜨기도 전인데도 수많은 이가 가도에 운집해 있는 모습이 보였다.

노점상들은 신이 나 물건들을 늘어놓았고, 어린아이들 역시 우르르 몰려나와 여러 무인을 구경하며 여기저기를 기웃대고 있었다.

"저들을 따라가면 도착하겠군."

백영세가의 이번 소집은 그들의 내전(內殿)을 공개하는 것으로부터 시작된다. 오랜 기간 동안 굳게 잠겨 있었던 백영세가에 들어설 수 있다는 것부터가 여러 무림인의 흥미를 끌었던 것이다.

다만 들어가기까지의 과정이 너무나도 길어 처음에는 신나게 자리를 잡고 기다리던 소하마저도 이내 맥이 빠진 표정을 지을 수밖에 없었다.

"뭐 당연한 일이지. 참고 기다리면 정오 안에는……."

그러던 중, 앞에서 소란이 일었다.

시간이 너무 오래 걸리자 한 거한이 앞쪽의 남자들을 붙잡고 뒤로 밀어내려던 것이다. 다만 그들 역시 계속된 기다림과 더위에 짜증이 일었던 참이었고, 금방 격화된 감정은 싸움으로 번지고 있었다.

"이놈!"

"어르신이 나가시는데……!"

멀리서 그것을 바라보던 운요는 한숨을 내뱉었다.

"어중이떠중이들이 다 오는구만."

그러면서도 주변을 살피는 것은 잊지 않았다.

'천회맹에서도 참석하는 모양이군.'

보아하니 대문이 아니라 옆쪽에 난 조그마한 문으로 빠르게 무인들 몇몇이 드나들고 있었다. 아마도 특별한 손님들에 한해서는 줄이 아니라 그냥 들어갈 수 있게 하고 있는 것이겠지.

"어?"

더워서 헥헥거리던 소하의 눈이 반짝였다.

"운요 형, 저 사람들……!"

그 말에 운요는 오 소리를 냈다.

"이보시오!"

큰 외침, 그것에 걸어가고 있던 남자 무리가 고개를 돌렸다.

"여기서 보게 되는군!"

소하와 슬쩍 눈을 맞춘 운요는 멀리서 당황해하고 있는 무리들에게로 냉큼 뛰어갔다. 줄을 지키는 게 문제가 아니었기 때문이다.

"이, 이거… 청성신협 아니십니까."

당황해 인사하는 이는 바로 제갈위였다. 여기서 운요를 볼 줄 몰랐던 탓에 그의 얼굴에는 당혹이 가득 차 있었다.

"잘됐군. 마침 더워서 힘들었던 참인데."

운요는 냉큼 소하와 함께 제갈위의 뒤쪽으로 향하며 웃었다.

"같이 좀 갑시다."

제갈위의 표정이 대놓고 일그러졌다.

갑작스레 친한 척을 하는 이유를 알 것 같았던 데다, 군중들의 시선이 자신에게로 몰리는 것도 마음에 들지 않았다.

하지만 천회맹의 체면을 어지럽힐 수는 없다.

"그러시죠."

겨우 기나긴 줄을 떠나 안으로 들어서게 되자 소하는 안도의 한숨을 쉴 수 있었다. 일단 어떻게든 이 더위를 피할 수 있게 된 것이다.

그러나 제갈위를 비롯한 천회맹 무인들은 기분이 극도로 불편할 수밖에 없었다.

청성신협이라는 운요가 천회맹원이라는 것을 증명하는 기회가 되기야 하겠지만, 그와 초량이 부딪쳤다는 이야기를 알고 있었기에 제갈위는 마음이 착잡해졌다.

'왜 여기에 나타난 거지?'

제갈위는 이를 꽉 악다물었다. 운요의 상황에 대해 가뜩이나 곤란해져 오는 찰나에, 하필 이런 곳에서 그와 만날 줄은 몰랐다.

더군다나 소하의 등에 걸려 있는 거대한 도, 그것이 광명일 것이라는 생각이 들자 더더욱 마음이 안 좋아졌다.

'아직 광령도의 패배에 대해서는 널리 알려지지 않았다.'

철저한 정보 단속이 낳은 결과였지만, 만약 여기서 소하가 비무초친에라도 나간다면? 그가 광명을 드는 순간 아마 눈썰미 좋은 이들은 무언가 이상하다는 것을 느끼리라.

'그것만은 막아야 한다.'

어차피 이 비무초친은 이미 내정된 것이나 마찬가지다. 무림칠객에 이르는 만련창을 비롯해 수많은 고수가 즐비해 있기 때문이다.

그런 곳에서 괜히 천회맹을 난감하게 만드는 것은 원하지 않았다.

"저… 그런데 대협들께서는 어쩐 일이십니까?"

"아, 구경 좀 하려고 말이오."

운요는 내원으로 들어서 고개를 이리저리 돌려대고 있었다.

"백영세가가 그리도 호화롭다고 들었지. 눈요기에 좋은 기회가 아니겠소?"

"호북제일이라 불리는 데에는 다 이유가 있지요."

결국 속내를 제대로 밝히지는 않았다. 제갈위는 능글맞은 운요의 속을 알아차리곤 시선을 돌려 정원을 바라보았다.

소하는 이미 눈을 빼앗긴 이후였다.

"와……."

노란색의 꽃이 가득 화원을 덮고 있다. 그 와중에 사이사이 보라색과 붉은색의 꽃들이 자리해 화사한 느낌을 배가해 주는 모습이었다.

그리고 옆으로 시선을 돌리면 큰 연못이 자리해 있었고 꽃잎이 떨어져 유려하게 그 위를 흐르고 있었다.

"천회맹을 비롯해 선객(先客)으로 초대된 이들은 모두 후원에 머무를 수 있지요."

천회맹원들이 흩어진다. 제갈위는 두 명에게 공손히 포권하며 고개를 숙였다.

"두 분께서는 이곳에 계시면 됩니다."

"고맙소. 덕택에 빨리 들어왔군."

제갈위는 픽 웃음을 지었다.

"광령도의 일… 저희는 그걸 더 감사해야 하겠지요."

소하를 흘깃 바라본 제갈위는 이내 몸을 돌려 뒤에서 기다리고 있는 다른 이들과 합류했다.

"조사는?"

"서두르고 있습니다만… 이름조차 모르는지라 문제가 큽니다."

"어디서 저런 놈이 나타난 거지."

이전 묵궤의 일과 함께 소하의 싸움은 이미 천회맹 내부에 알려졌다.

굉천도법을 사용하는 자.

굉명의 주인이 나타났다는 것만으로도 충분히 화제가 될 법한 일이다.

"조금 더 유혹하면 우리 쪽으로 끌어들일 수 있을 거다."

"예."

전승자들은 천회맹 내에서도 강한 세력을 자랑하는 무리들이다.

그들에게 끼지 못한 상관휘나 제갈위는 어떻게든 구실을 잡아 자신들의 힘을 넓혀가야만 했던 것이다.

제갈위는 그런 자신들에게 있어 소하의 존재는 큰 무기가 될 것이라 확신했다.

"무슨 꿍꿍이인지는 모르지만……."

일단은 지켜봐야만 했다. 어차피 그들이 제멋대로 행동할 수는 없는 백영세가의 내부까지 들어온지라 그들을 직접적으로 통제할 필요는 없었기 때문이다.

제갈위는 후우 하고 숨을 내뱉었다. 그들에 대한 걱정은 이제 접어두어야만 한다. 그가 향하는 곳은 조금이라도 긴장을 풀어서는 안 되는 장소였다.

"신비공자라."

자신들을 초대한 자.

아직까지 그 누구도 정체를 알 수 없는 남자의 이름을 중얼거리며 제갈위는 발걸음을 앞으로 옮겼다.

*　　　*　　　*

"자, 일단 들어온 건 좋은데… 어쩔 거냐?"

"네?"

멍하니 정원을 구경하던 소하는 운요의 은근한 물음에 고개를 돌렸다.

"이대로 마냥 서 있을 건 아니잖아? 어제 보아하니 그 백영일화라는 소저에 대해 신경 쓰고 있더구만."

들킬 만했다. 소하는 스스로도 그리 생각했기에 찜찜한 표정을 지어 보이며 백영세가의 안뜰을 바라보았다. 곱게 핀 꽃들이 정갈하게 다듬어져 세가를 꾸미고 있는 모습이었다.

"왜 그러는 걸까요."

소하의 목소리는 희미했다.

"행복하지 못할 거란 걸 알고 있을 텐데도."

"누구나 각자 소중한 게 있게 마련이지."

운요는 그리 중얼거리며 사방을 둘러보았다.

안쪽으로 향한 천회맹의 무인들을 제외하고도 몇 명의 무인이 입을 꾹 다문 채 서로 거리를 두고 있는 상황이었다. 사실상 이곳에서 자연스레 대화를 나누는 건 소하와 운요밖에 없었다.

"그걸 참견한다는 건 정말 어마어마한 민폐고 말이지."

그렇다. 백영세가라는 거대한 세력이 결정한 일에 소하와 같은 외부인이 함부로 끼어들 수는 없는 것이었다. 그렇게 되면 백영세가뿐만 아니라 참석한 수많은 군중에게도 공격을 받을 가능성이 있었다.

"하지만 말이다."

운요는 입술을 쭉 내밀며 하늘을 올려다보았다.

이곳은 넓다.

하지만 이상하게도 고독(孤獨)해 보인다.

담장은 마치 거대한 가시밭과도 같이 정원을 둘러싸고 있었다. 누군가 꽃들이 도망갈 걸 염려해 높은 담을 세워 그것들을 가두어둔 것처럼 말이다.

"자기 마음이지 뭐."

"그건 그래요."

소하는 읏차 소리를 내며 자리에서 일어섰다.

"어제 들어보니, 후원 안쪽에 바로 그 백영일화가 드나든다고들 하더라."

장령의 정보였다. 세가의 건축물들에 대한 것이니 확실하리라.

"갔다 올게요."

"어쩌려고?"
운요는 마루에 앉으며 히죽 웃음을 지었다.
"일단 만나봐야겠어요."
그럴 수 있을까?
아니다. 백영세가의 호위는 엄중하다. 하물며 그 인물이 백영세가의 보물이라고 불리는 백영일화라면 더더욱 말이다.
그러나 소하는 단언하고 있었다.
이상하게 믿음이 갔다.
"그래."
소하의 몸이 뒤뜰 안쪽으로 향했다. 몇 명이 움찔거리며 몸을 일으켰지만, 이내 운요의 몸에서 희미한 기운이 몰아치기 시작했다.
"나는 댁들에 대해 잘 알지 못해."
세 명의 시선이 운요에게로 박혔다.
"내가 처음 보는 자들이 백영세가의 초대를 받아서 여기 있을 정도다? 우스운 소리지."
무언가가 있다.
운요는 이미 백영세가 내의 은밀한 준동(蠢動)을 느끼고 있었다. 그렇기에 소하를 굳이 움직이게 만든 것이다. 아직은 정보가 적어 답을 추론해낼 수 없지만 적어도 무언가 자신들이 움직일 틈을 소하가 만들어주기를 바랐기 때문이다.
'천회맹과 신비공자, 그리고… 전혀 얼굴을 모르겠는 놈들.'

운요를 주시하던 이들 역시 이내 관심을 접고는 다시 허공으로 시선을 옮겼다. 분명 이 안쪽에도 그들의 동료가 자리해 있다는 뜻이겠지.

'비무초친이라··· 뭔가가 더 있겠어.'

운요는 그리 생각하며 기둥에 등을 기댔다.

일단은 시간이 지나가길 바라는 수밖에 없었다.

한편 소하는 정신없이 마당을 거닐고 있었다. 천영군림보의 경공을 운용해 발소리가 나지 않도록 발을 디디고 있었기에 주변을 감시하던 이들은 소하가 자신의 뒤를 지나간 지도 모를 정도였다.

'엄청 복잡하네!'

소하는 이제까지 유가장에 살아왔던 게 전부였기에 백영세가도 넓어봤자 자신의 집 정도라고 생각했던 게 문제였던 것이다.

'철옥도 이렇지는 않았는데……'

그렇다고 문지기를 잡아 여기가 어디냐고 묻기도 그렇다.

소하는 일단 주변을 살폈다. 중앙으로 통하는 길이 엄중하게 봉쇄되어 있고, 그에 비해 상대적으로 바깥쪽의 건물들은 감시가 소홀했다.

탓!

소하의 발이 담을 박차는 것과 동시에 지(之) 자로 꺾이며 양쪽의 담을 차 지붕으로 올라섰다.

달그락거리며 기와가 울리는 소리가 일었지만 작은 짐승이나 낼 법한 소리였기에 앞쪽에서 감시하던 이는 관심을 가지지 않은 모양이었다.

위에서 보는 게 가장 빠르다.

소하는 올라선 즉시, 천양진기의 기운을 운용해 안력을 돋웠다.

주변의 모습들이 눈에 들어온다. 각기 비슷한 모습의 지붕을 가진 건물들. 감시하는 인물들의 모습도 여럿 보이고 있었다.

그중 하나.

안쪽에 난 큰 연못의 옆에 정자(亭子)가 있었다. 흐드러지게 핀 꽃나무들이 가리고 있지만, 그 정자의 안쪽에는 분명 누군가가 서 있는 모습이었다.

'저기다.'

소하의 발이 지붕을 박찼다. 경공을 극도로 발휘하자 소리는 거의 나지 않았고, 소하는 번개처럼 앞으로 쏘아져 나가며 몇 개의 지붕을 넘었다.

건물을 하나하나 지날수록 소하는 머릿속에 여러 생각이 가득 차는 것만 같았다.

'그런데.'

지붕을 뛰어넘어 다음 건물에 내려앉으며 고민했다.

'무슨 말을 하지?'

순간 그런 생각이 들었다. 막상 가더라도 그녀 앞에 도달한 뒤 무어라 말해야 한다는 것인가?

고민을 하는 동안에도 발은 계속 지붕을 타 넘는다. 그리고 마지막 지붕에 도착하자 소하는 모래밭을 향해 그대로 착지했다.

앞에 서 있던 남자는 소하가 자신의 머리 위를 넘어가는 것에도 아무런 눈치를 채지 못했다. 그저 그림자가 잠시 어리는 것에 새인가 싶어 고개를 들었을 뿐이다.

정자의 앞쪽은 새하얀 모래밭이었다. 그곳에는 마치 길처럼 사람의 발자국이 새겨져 있었다. 여러 명이 그 위를 계속해서 밟아 나간 듯, 깊숙하고 잘게 다져 있는 모습이었다.

그러나 그 길을 무시하는 듯한 하나의 발자국이 있었다.

소하는 천천히 모래밭으로 걸음을 옮기며 안으로 들어섰다.

흑목(黑木)으로 만들어진 정자는 꽃나무에 가려 은은한 운치를 내고 있었다.

하얀 모래밭의 안쪽에 자리해 앞의 연못을 바라보며 경치를 즐길 수 있도록 안배한 모양이었다.

그리고 그 위에 한 명이 서 있었다.

소하는 괜스레 가슴이 두근거리는 것을 느꼈다.

이전 철옥을 탈출할 때 그녀를 한 번 보기는 했지만 이런 식으로 제대로 만나는 건 또 처음이었기 때문이다.

침이 마른다. 소하는 입술을 살짝 깨물며 앞으로 향했다.

"연정이 없이 그 누가 무림인이라 하겠느냐. 세상 모두가 가지는 것이 감정이거늘."

현 노인은 소하를 놀릴 적에 늘 그렇게 말하곤 했었다.

이게 어떤 기분인지는 모르지만 분명 노인들이 옆에 있었다면 그런 식으로 놀렸으리라 생각됐다.

그리고 정자에 발을 딛자 서 있던 흰 옷의 이가 천천히 몸을 돌렸다.

온갖 말들이 머리를 떠돈다.

그러나 이내 떠오르는 수많은 말 중 무슨 말을 할지 정한 소하는 마음을 다잡으며 고개를 치켜들었다.

"저기!"

"음?"

고개를 돌린다.

바람에 흩날리는 긴 머리, 그러나 정자에 서 있는 이의 얼굴을 보자마자 소하는 당황할 수밖에 없었다.

"이상하군."

그는 천천히 손으로 턱을 매만지며 중얼거렸다.

"분명 누구도 이리로 들이지 말아달라 했을 텐데."

남자다.

소하는 운요와 비슷할 정도로 선이 고운 그의 모습에 난감한 표정을 지었다.

그는 근육으로 다져진 운요와는 다르게 그는 마치 여인처럼 매끈한 몸매까지 지니고 있었다.

'착각했다.'

"뭐, 마침 무료했던 참이니."

그는 턱을 까닥여 정자의 옆을 가리켰다.

"함께 말벗이나 해주겠나?"

"아니, 그게……."

사람을 잘못 봤다고 하고 물러선다? 그건 또 그것 나름대로 이상한 일이긴 하다.

"멋대로 움직인다면 즉시 사람을 부르겠네. 백영세가에 침입해 안을 들쑤시고 다니는 이가 있다고 말이지."

그는 요염한 웃음을 보이며 그리 말했다. 마치 소하가 하는 행동을 모두 꿰뚫어 보았다는 듯 말이다.

"그게 싫다면 이리로 올라오게나."

잠시 고민이 일었다.

'기절시킬까?'

하지만 본능이 가로막는다. 게다가 폭력을 휘둘렀다간 소하의 행동 때문에 운요에게도 큰 피해가 미칠 수 있었던 것이다.

"마침 좋은 차가 있었지. 즐길 사람이 하나 더 늘어서 차도 행복할 걸세."

그는 그리 말하며 안쪽에서 차가 든 자기 하나를 꺼내고 있었다.

'이거 난감한데.'

소하는 얼떨결에 정자로 올라와 자리에 앉게 되었다. 찜찜한 표정은 덤이었다.

그러나 백의의 남자는 마치 물 흐르듯 소하의 잔까지 준비해 주며 뜨거운 물을 옆쪽에 놓고 있었다.

'정말 난감한데.'

소하가 그런 생각을 하거나 말거나 그는 다과상을 차리는 데에 여념이 없었다.

* * *

천회맹의 인물들은 서로 거리를 둔 채 각자의 탁자에 앉아 있었다.

지금 그들은 백영세가 내의 거대한 전각 하나에 들어와 있는 상황이었고 애초에 서로가 이곳에 도착해 있는지도 알지 못했었다.

'전승자들은 오지 않았나.'

제갈위의 눈이 빠르게 사방을 살폈다.

백영세가라는 호북제일의 세가가 주도한 모임이라고는 해도 전승자들은 한 명도 자리에 보이지 않았고, 그들의 부하로 보이는 이들만이 앉아 있을 뿐이었다.

현재 천회맹의 세력은 양분(兩分)되어 있다. 곡원삭을 필두로 한 무림오절의 전승자들과 그 외의 세력들로 말이다.

그 외에서도 이제는 거의 멸문하다시피한 오대세가(五大世家)의 후계이기도 한 제갈위나 상관휘는 상대적으로 그 힘이 적을 수밖에 없었다.

"냄새를 잘도 맡고 왔군."

옆쪽에서 목소리가 들렸다. 거들먹거리고 있는 뚱뚱한 남자, 분명 곡원삭의 휘하에 있는 무인이었다.

"비돌검(碑突劍)."

"내 얼굴도 아나?"

비돌검이란 자는 비죽 웃음을 지었다. 그는 곡원삭의 명을 받아 그 대신에 이곳에 도착한 차였다.

"백영세가에 알랑방귀라도 뀌어보려는 심산인 모양인데… 머리가 아무리 좋아도 그건 힘들겠지."

킥킥대는 소리가 울렸다. 전승자들의 부하들은 모두 자신들이 천회맹 내에서 득세한다는 사실을 알고 있었기에 자신만만한 태도로 일관하는 중이었다.

"아니면, 비무초친에라도 나가실 심산이신가?"

"놈……!"

제갈위의 옆에 있는 자가 거칠게 몸을 일으키려 했지만, 제갈위는 그러한 모욕 속에서도 평안한 표정을 유지하고 있었다.

"그대들도 상황은 같을 텐데."

비돌검의 눈가가 움찔거렸다. 천회맹의 인물들은 모두 백영세가의 지원을 약속받기 위해 이곳에 자리했던 것이다.

다만 그 지원의 과정에서 '누구의' 힘으로 협상에 성공하냐가 관건이었기에, 모두가 암묵적인 경쟁을 해댈 뿐이다.

"다 망해가는 가문 놈들이 모여서는……!"

비돌검은 그리 퉁명스레 내뱉으며 몸을 뒤로 눕혔다. 제갈위를 도발해 어떻게든 그를 공격할 거리를 만들어보려 했더니만, 아무렇지도 않은 듯 대처해 왔기에 김이 샌 것이다.

'저런 자는 아무래도 좋다.'

제갈위는 전각의 안쪽을 바라보았다. 천으로 가려진 안쪽에서는 누군가가 천천히 그 모습을 드러내고 있었다. 마치 보석이 흐르는 듯한 비단옷을 입은 채, 부채 하나를 옆구리에 끼고서는 그 모습을 드러냈다.

"어서 오십시오."

남자다. 긴 머리를 정성스레 묶어 어깨 위에 올려놓았고, 붉은색 비단은 마치 불길 같다는 느낌을 받게 할 지경이었다.

"여, 연백룡 대협을 뵙니다!"

이자가 바로 백영세가의 현 가주이자, 지금 호북을 진동케 만든 자인 연백룡 백류영이었다.

천회맹의 모두가 일어서 포권하는 것에, 백류영은 가볍게 손을 저으며 천천히 부채를 펼쳤다.

"천회맹의 분들은 특별하기에 먼저 이야기를 하고자 했소."

뚜벅뚜벅 걷는 걸음, 제갈위는 그 걸음 하나하나에 서린 기운이 상당히 웅혼함을 알 수 있었다.

'백영세가라면 영약을 다수 보유했겠지. 더군다나… 그의 자질 역시 대단하다.'

백류영은 단 두 번의 무림행으로 연백룡이라는 무명을 거머쥐었다.

시천월교가 동란을 일으킨 뒤에도 암암리에 그들의 뒤에서 행동을 해왔었고, 때에 따라서는 천회맹을 지원하기도 했던 것이다.

"단호히 이야기하자면."

비돌검을 포함한 모두의 눈이 백류영을 향했다.

그는 웃고 있었다.

"나는 천회맹을 도울 생각이 추호도 없소이다."

* * *

"용정차(龍井茶)라 한다면 본디 서호(西湖)에서 나는 게 제일이라 말하지, 쉽게 구하기가 어렵거든. 나도 백영세가에 들른 걸 만족하고 있다네."

'언제쯤 갈 수 있으려나…….'

소하는 계속해서 차에 대한 이야기가 지속되는 것에 하품

이 비어져 나올 것만 같았다. 그러나 남자는 말상대가 생긴 게 어지간히 즐거웠는지, 차를 잔에 따르며 계속해서 이야기를 떠들고 있었다.

"입맛이 백차(白茶)에는 맞지 않아서 때로는 용정차를 직접 구하러 다닌 적도 있네만, 아무래도 무림의 상황이 상황이었던지라 빈손일 때가 많았었지. 시천월교에서 모조리 가져가 버린 적도 있었고… 또, 단순히 차를 마실 수 없는 세상이기도 했었으니."

그는 요염한 미소를 지었다.

같은 남자인데 마치 다른 세상 사람인 양 곱상한 그의 모습에 소하는 괜스레 찻물에 비쳐 보이는 자신의 얼굴을 흘깃 눈짓해 보았다.

"아름답지 않는가?"

그는 고개를 돌려 연못을 바라보았다.

매일매일 관리하는 백영세가의 정원은 그야말로 수려하다고 말할 수 있을 정도로 곱게 단장되어 있었다.

"그렇네요."

"백영세가에 온 뒤로는 늘 이곳에서 시간을 보내곤 하지."

"이곳 사람이 아니신가요?"

소하의 질문에 남자는 빙긋 웃으며 고개를 끄덕였다. 그는 천천히 차를 마신 뒤 말을 이었다.

"백영세가에 왔다면 자네도 비무초친을 노리는 건가?"

소하가 고개를 젓자 남자의 얼굴에 처음으로 의문이 떠올랐다.

"그런데 왜 여기에 있지? 난 자네가 천회맹의 인물이라 생각되지는 않았는데."

다짜고짜 유원을 보러 침투했다는 말을 하게 된다면 아마 사람을 부를 게 뻔했다. 소하는 잠시 변명거리를 생각하며 차를 한 모금 마셨다.

"아니면 소문의 백영일화를 보러 온 건가?"

소하의 손이 잠깐 떨렸다. 그 모습에 남자의 입가가 천천히 말려 올라갔다.

"정말 아름답더군. 그녀는… 백영세가의 보물과도 같아."

"그런데 왜 비무초친을 하는 거죠?"

"가치가 있는 보물은 누군가를 끌어들이기에 제격이지."

그의 눈에서 처음으로 이채가 흘렀다.

"어리석은 이들이 모여들게 된 것을 자네도 봤지 않는가?"

비웃음이 내걸렸다.

그는 마치 이곳에 자리한 모든 이를 하찮게 여기는 듯했다.

"다들 멍청하지."

그는 차를 마시며 소하를 바라보았다. 어느새 소하는 그를 똑바로 주시하고 있었던 것이다.

"그녀를 동정하나 보군."

남자는 고개를 저었다.

"그러한 가치조차 갖지 못하는 사람들이 태반일세. 좋은 배경을 가진 무인, 더군다나 그 실력까지 뛰어난 자가 백영세가에 합류하게 된다면… 백영일화라는 소저 역시 기쁘게 받아들이겠지."

"그걸 어떻게 확신하나요?"

"백영세가에 개인(個人)은 존재하지 않으니까."

그는 웃었다. 그렇다. 백영세가는 그 자체로 하나의 집단이다. 유원을 희생하게 만드는 일이 있더라도 결과적으로 세가가 부흥한다면 그들은 얼마든지 유원을 내버릴 준비가 되어 있었다.

"이 세상은 늘 그러하지."

"그렇다면."

소하는 차를 내려놓은 뒤 자리에서 일어섰다.

"꼭 한 번 만나서 이야기를 해봐야겠네요."

"지금은 그럴 수 없을 걸세. 누구도 출입을 금지해 놓았으니… 만나고 싶다면 자네가 비무초친에 참가해 모조리 무찌르기라도 해야겠지."

"음. 그러기는 싫은데."

소하가 고개를 옆으로 기울이자 남자는 유쾌하다는 듯 킥킥 웃음을 뱉었다.

"하긴, 워낙 강한 자들이 많지."

"눈에 띄기 싫어서요."

그의 눈이 조금 꿈틀거렸다.

"할 일이 있으니… 그럴 수는 없겠고."

소하는 천천히 몸을 일으키며 흠 소리를 냈다. 일단은 좀 더 상황을 지켜봐야 할 듯싶었다.

"차 잘 마셨어요."

"벌써 갈 텐가? 할 이야기가 많은데……."

남자의 눈에는 또 다른 빛이 번득이고 있었다. 소하는 그것에 손사래를 쳤다.

"제가 아는 것도 별로 없는 데다……."

소하의 손가락이 위를 향했다.

"위쪽에 있는 사람도 피곤할 것 같으니 이만 갈게요."

"허."

남자의 입이 열렸다. 그는 오랜만에 당황이란 감정을 느끼고 있었던 것이다.

소하가 정자를 내려가 천천히 하얀 모래밭을 걸어갔다.

남자는 가만히 그 모습을 응시하다 중얼거렸다.

"일영(日影)."

"예."

그러자 이제까지 아무도 없다 생각한 지붕의 그림자 속에서 누군가의 조용한 목소리가 흘러나왔다.

"어째서 알아챈 거지?"

"은신은 완벽했습니다."

"떠보는 것이 아니었다."

그는 그리 말하며 턱을 문질렀다. 그렇다는 건 소하의 감각이 일영이라는 자의 흔적을 잡아내었다는 뜻이다. 더군다나, 그것을 알고도 함께 차를 마셨다는 것인가?

"누구지?"

"저도… 모릅니다."

등에 짊어진 거대한 도, 그가 무기를 쓴다는 사실 하나만을 알 수 있을 뿐이었다.

"하지만 저 정도의 나이에 알려지지 않았단 건……."

일영은 소하의 인상착의를 전혀 알지 못했다. 현재의 무림인들 중 신진고수들에 대해 대부분 파악을 끝낸 그에게 있어 의심스러울 수밖에 없었다.

"그냥 말을 꺼내본 것일 수도 있습니다."

"아니."

남자는 자리에서 일어서며 뚜벅뚜벅 앞으로 향했다.

그의 눈은 하얀 모래밭을 향해 있었다.

소하는 분명 원래 백영세가의 인물들이 자연스레 걷는 발자국을 따라 걷지 않았다. 그저 자기가 원하는 방향대로 자연스럽게 발을 옮겼을 뿐이다.

그런데 발자국이 없다.

"뭐……."

일영은 당황해 그리 중얼거렸다.

"답설무흔(踏雪無痕)."

눈을 밟아도 흔적이 남지 않는다. 초상승의 경공을 가진 이들만이 가능한 기예였다.

"저런 자가 어떻게……!"

"흠."

남자는 머리를 긁적였다. 마치 뒤통수를 세게 얻어맞은 것만 같이, 놀라움이 계속해서 달려들고 있었다.

"저자에 대해 알아봐야겠다."

"존명(尊命)!"

그와 동시에 일영이 검은 그림자를 남기며 허공으로 사라져갔다. 홀로 남게 된 남자는 허탈한 웃음을 흘리며 사라져 가는 소하의 뒷모습을 쳐다보았다.

"예상하지 못한 자들이 나타나는군."

그는 천천히 눈을 빛냈다.

"하지만 계획은 예정대로다."

*　　　*　　　*

"어때, 만나고 왔냐?"

소하가 터덜터덜 안쪽에서 돌아오자 운요는 흥미롭다는 눈으로 재빨리 말을 걸었다. 그러나 돌아온 대답은 허탈한 고갯짓일 뿐이었다.

"일이 커질 것 같아서 제대로 찾지는 못했어요."

"하긴 그도 그렇지. 아쉽군."

재미있는 이야기를 들을 수 있었을 텐데 하고 입맛을 다시는 운요의 모습.

아마도 소하가 유원을 만나 무슨 일을 할 것인지에 대해서 어지간히도 궁금했던 모양이었다.

천회맹의 인물들도 다시 이리로 돌아오고 있었다. 아마도 백영세가에서 먼저 치른 집회가 끝난 듯했다. 다만 특이한 것은 그들의 표정이 모두 밝지 않다는 것이었다.

'뭔가가 있겠지.'

운요는 그리 생각했지만, 제갈위에게 캐물을 수는 없었다. 옆쪽에서 곧 종을 울리는 남자 하나가 모습을 보였기 때문이다.

"이리로 와주십시오! 곧 회동을 시작합니다!"

동종(銅鐘)을 울리는 그를 따라 모두가 이동하자 곧 백영세가의 본당(本堂)을 비롯해 수많은 전각이 모습을 드러냈다. 이제 정문이 열리며 기다렸던 이들까지 안으로 들어서고 있는 것이다.

"이제 시작인가."

본당의 앞은 수백 명이 자리한다 해도 남을 정도로 넓었다. 그리고 그 위에는 하얀 돌로 이루어진 비무대가 깔려 있었다. 아마도 이날을 위해 백영세가에서 특별히 준비한 듯싶었다.

기세등등하게 앞으로 나서는 무인들의 모습.

모두가 경계가 가득한 표정을 한 채 서로를 주시하고 있었다.

"그럼 지금부터 백영세가의 회동을 시작하겠습니다."

모두가 자리를 잡은 즉시 바로 말이 이어졌다. 비단옷을 차려입고 나온 마원은 천천히 옆으로 다가가 잘 묶어놓은 종이를 펼쳤다.

그 위에 써진 글자를 본 순간, 모두가 이미 알고 있었다는 듯 음흉한 눈을 빛냈다.

비무초친.

그 네 글자가 가지고 오는 파급력은 다들 인지한 후였기 때문이다.

그러나 바로 시작하지는 않았다. 곧이어 뚜벅뚜벅 소리가 들리며 안쪽에서 붉은 비단옷을 입은 백류영이 등장한 것이다.

"연백룡이다!"

"호북제일!"

그 목소리에 백류영은 슬쩍 고개를 끄덕여 보였다. 입가에는 이미 자신감 어린 미소까지 걸쳐져 있었다.

그는 거침없이 발을 옮겨 비무대로 올라섰다. 군중들이 거리를 둔 채 지켜보고 있는 곳에서 백류영은 양팔을 펼치며 이야기를 시작했다.

"본가의 소집에 모여주신 무림군웅 분들에게 감사의 인사를 표하겠소."

그의 공손한 인사에 모두가 조용해졌다. 지금 이것이 오랫동안 봉문했던 백영세가의 재출도임을 알고 있기 때문이었다.

"본가는 지금부터 빈객(賓客)을 모셔 향후 이 무림에 도움이 되고자 하오. 그를 위한 비무초친이며 마지막까지 남아 무를 증명한 협객에게는……."

군웅들을 바라보는 백류영의 입가에 희미한 웃음이 감돌았다.

"원하는 것을 모두 주겠소."

미(美)와 부(富), 그리고 명예(名譽).

그 말에 몇 명의 무인이 환호성을 지르기 시작했다.

"백영일화를 주겠다는 말인가?"

"그렇소. 그 힘을 증명할 수만 있다면 더한 무엇이든지 제공할 용의가 있소."

환호성이 커져간다. 무인들의 그 움직임이 더욱 거세질수록 소하의 옆에 서 있는 운요의 표정은 굳어져 가고 있었다.

'역겹군.'

비무초친은 이제까지 몇 번이고 있었던 무림의 행사다. 하지만 그 역시 사전에 내정을 하거나 소수의 무인들만이 출전하는 게 보통이었다.

비무란 어린애 장난이 아니다. 칼을 나눈다는 건 서로의 목숨을 겨누고 있다는 뜻이나 마찬가지였던 것이다. 누가 죽어도 운이 없었을 뿐 책임을 묻는 이들은 없으리라.

'다만 상황이 상황일 뿐이겠지.'

시천월교의 오랜 지배에서 풀려난 해방감, 그리고 자신도 어쩌면 백영세가의 지원을 받아 유명해질 수 있을 거라는 헛된 희망이 그들을 더욱더 고양시키고 있었다.

"나설 이들은 앞으로 나오시오!"

마원의 고함에 따라 몇 명의 무림인이 재빨리 걸음을 옮겼다.

"철호문의 맹화봉(猛火棒)이 나섰다!"

"양명방에서도 이천살검(二天殺劍)이 나오다니!"

당당한 태도로 나선 이들은 모두 무림에서 제법 이름을 떨친 자들이었다. 그 외에도 수많은 이가 앞으로 걸어 나오며 비장한 표정을 짓고 있었다.

"흠, 마냥 구경하기엔 좀 많은 숫자인데."

운요는 턱을 문지르며 그리 중얼거렸다.

나온 이들은 자신의 문파명을 크게 외치며 사람들의 환호를 돋우고 있었다. 모름지기 유명한 이들이 나와서 무공을 부딪칠수록 지켜보는 이들은 신나게 마련이다.

그러던 와중, 소하가 옷깃을 당기는 것에 운요는 눈을 돌렸다.

"저쪽에 있네요."

그곳에는 가운악과 청아의 모습이 보였다. 그들은 줄을 서서 아침부터 기다렸던 모양인지, 제법 앞줄에서 비무초친에 참가하는 이들을 구경하고 있었다.

큰 행사다. 더군다나 운요를 비롯한 이들은 대부분 백영세가가 이 비무초친 '이후'에 있을 발표에 대해 주목하고 있었다.

'단순히 비무초친을 열 거라면 이렇게 크게 벌여 놓지도 않았겠지.'

벌써부터 전각 안에서 여인들이 모습을 드러내며 악기를 연주하기 시작했다. 음악을 통해 사람들의 기분을 흥겹게 만들려 하고 있었던 것이다. 그에 따라 조금씩 나서는 이의 숫자가 늘어나고 있었다.

"많다."

소하는 저도 모르게 그리 중얼거렸다. 벌써 스무 명이 넘는 이들이 나섰기 때문이다.

그리고 고함이 들렸다.

"금강수와 만련창이다!"

"무림칠객이 나섰다!"

어깨가 마치 거대한 바위 같을 정도로 큰 자가 거들먹거리면서 앞으로 걸어 나온다. 머리는 거의 다 빠진 데다 험상궂은 얼굴에는 몇 개의 검상이 지네처럼 그어져 있었다.

"과연, 험악하게 생겼군."

금강수라 하면 맞붙는 자를 모조리 때려 부수는 것으로 유명한 자였다. 그리고 그의 뒤를 만련창 호연작도 함께 따르는 모습이었다.

"부끄럽지도 않은가."

운요는 툴툴거리며 고개를 저었다. 비무초친이란 결국 혼인을 위한 행사다. 그렇기에 자연스레 젊은이들이 서로의 무공을 겨루게 되는 일이 많았건만, 누가 봐도 불혹에 달한 이들이 모습을 드러내고 있었다.

'게다가 처음 보는 자들도 있다.'

그저 어중이떠중이로 보기에는 전해지는 기운이 만만치 않다. 벌써 호연작을 비롯한 몇 명 역시 구석에 서 있는 자들에게로 시선을 돌리고 있었다.

"그러나 역시 명문에서는 나서지 않는군."

"예끼, 사람아 천회맹원들이 눈을 부릅뜨고 있는데 어찌 그러겠어."

군중들 몇몇이 서로 그리 중얼거렸다. 백영세가의 비무초친은 백영세가에 소속될 무인을 찾는 행사다. 그렇기에 천회맹에 속한 명문의 무인들은 모두 그 자리를 바라만 볼 뿐, 나서지 않았던 것이다.

누군가가 손을 들기 전까지는 말이다.

마원은 손을 든 자를 바라보며 소리를 쳤다.

"소속을 밝혀주시오!"

"무당."

그 목소리에 좌중이 어지러워진다.

"무당의 가운악이오."

운요와 소하도 마찬가지였다.

손을 든 이는 그들도 알고 있는 남자였기 때문이다.

"사형……?"

청아의 눈이 둥그렇게 변했다. 그녀는 손을 들어 올린 가운악을 멍하니 바라보다 이윽고 다급히 그의 팔을 붙잡았다.

"무슨 말을 하신 겁니까!"

가운악은 아무 말도 하지 않았다. 그저 가만히 청아를 쳐다보다 그녀의 손을 떼어낼 뿐이었다.

"본산의 뜻이다."

차갑다.

청아는 머리가 멍해지는 것만 같았다. 가운악은 그녀의 팔을 떼어낸 뒤, 천천히 앞으로 걸음을 옮기고 있었다.

군중들이 갈라지며 길을 만든다.

"무당……?"

"구파의 일원인 것인가."

"봉문했지 않나. 그… 백로검 이후."

말들이 여럿 오가고 있었다. 그러나 청아는 휘청거릴 뿐, 손을 뻗어 가운악을 붙잡지 않았다. 그가 처음으로 자신에게 보인 싸늘한 목소리에 너무나도 당황했던 탓이다.

비무대에 나선 이들 역시 당황하기는 매한가지였다.

명문 중의 명문으로 일컬어지는 구대문파 중에서도 봉문한 무당파의 인물이 갑작스레 이 장소에 모습을 드러낼 줄은 몰랐기 때문이다.

"뭐지? 도사가 속세의 맛에 빠져들기라도 한 건가?"

금강수의 입에서 느물거리는 목소리가 흘러나왔다. 그러나 가운악은 그를 무시한 채 옆으로 걸어가 자리에 설 뿐이었다.

그것에 금강수의 벗겨진 이마가 찡그려졌다.

"놈,……."

"그만하시오."

호연작은 그 사이에 끼어들며 두 명을 중재했다. 여기서 싸움이 나봐야 좋을 건 없었다.

"더 있소이까?"

마원의 외침이 이어지자 군중들은 서로를 살폈다. 그러나 나서는 이는 없었고 그것에 마원은 고개를 끄덕이며 뒤로 물러섰다.

"그러면 이것으로 마치겠소!"

비무는 잠시 뒤 시작하겠노라며 물러서는 모습에 비무대에서 있던 자들은 곧 그를 따라 전각 안으로 들어서기 시작한다.

"사형!"

청아의 입에서 기어코 고함이 터져 나왔다.

군중들은 당황해 움찔거렸고 청아는 그 사이를 헤치고 나서며 빠르게 가운악에게로 향하려 했다.

하지만 가운악은 그녀를 바라보지 않았다.

그저 조용히 백류영의 뒤를 따라 전각 안으로 사라질 뿐이었다.

그것에 청아는 덜컥 몸을 멈췄다.

"왜……?"

그러나 대답해 줄 이는 이미 어둠 속으로 사라지고 없었다.

휘청거리며 저도 모르게 무릎을 꿇으려는 청아의 팔을 누군가가 붙잡았다.

소하였다.

그리고 그 뒤에 서 있는 운요는 꺼림칙하다는 표정으로 가운악이 사라진 전각 안을 바라보고 있었다.

* * *

"무당파였다니."

운요는 뒤쪽에 마련된 자리에 앉으며 그리 중얼거렸다. 잠시 생겨난 휴식 시간이 되자, 다들 더위를 식히기 위해 이곳저곳의 그늘로 이동한 뒤였다. 백영세가는 다행히 그들이 앉을 만한 자리를 제공해 주었다.

소하는 슬쩍 청아의 옆모습을 바라보았다.

무당파.

도가 계열의 문파로 따지자면 가히 최상(最上)에 위치해 있는 문파라고 할 수 있었다.

구대문파 내에서도 소림과 함께 큰 입지를 자랑했으며 그 문원들의 실력도 고절해 봉문한 지 한참이 지난 지금까지도 명성이 이어져 내려오고 있었다.

"원래 비무초친에 참가하려 했던 건 아닐 텐데."

청아는 아무 답도 하지 않았다. 그저 멍하니 자리에 앉아 있을 뿐이다. 갑작스러운 상황에 아직 충격이 가시지 않은 탓이다.

'뭔가가 있군.'

가운악이 갑작스레 그런 행동을 벌일 리는 없어 보였고, 또한 자신의 사제를 속여가면서 독단적으로 움직일 가능성도 적게 느껴졌다. 적어도 어제 보여준 가운악의 모습이 거짓이 아니라면 말이다.

청아의 주먹이 꽉 쥐어졌다. 나름대로의 결정을 내린 모양이었다.

"나는……."

그녀는 즉시 몸을 틀어 뒤쪽을 향해 걷기 시작했다. 두 명이 따라오는 것을 용서하지 않겠다는 듯했다.

"가시가 잔뜩 돋쳤구만."

운요는 그리 평하며 앞쪽을 바라보았다. 다른 자들은 모두 비무를 구경할 생각에 기분이 들떠 보였다. 특히 자신들이 상상도 못한 고수들의 출현에 더욱 고양된 모습이다.

"운요 형."

소하는 그에게로 고개를 내밀었다.

"무당파는 어떤 문파에요?"

"너 그것도 모르냐? 하긴… 천망산에 있었다고 했나."

운요는 벅벅 옆머리를 긁은 뒤 말을 시작했다.

"뭐, 말하자면 '가장 고고(高古)한 검'이라고 할 수 있지."

고고한 검.

그것이 무당파를 상징하는 가장 큰 단어일 것이다.

"누구보다도 협의를 중시하는 이들이 모여서 만들어낸 곳이지. 백로검이라는 이름이 그 증거고."

백로검, 현 노인은 무당파의 자랑이자 전대 무림의 절대적인 신념과도 같은 존재였다.

"의(義)의 화신과도 같은 분이셨다고 해. 우리 청성에서도 처음으로 불문율을 깨고 전폭적인 협력을 약속했던 게 바로 백로검께서 단신으로 문파에 찾아온 것 때문이었으니."

전대의 혼란은 주로 세외의 세력에게서 일어났다. 무림을 침공한 그 혼란에 구대문파는 서로 간의 이득을 취하기 위해 협동을 꺼려왔었던 것이다.

백로검은 홀몸으로 무당파를 나섰다.

무당의 장로들이 그를 애타게 붙잡았지만 그는 자신의 발로 청성을 비롯한 문파들을 향해 한 마디를 전했다고 한다.

"우리는 서로를 위해야 하오."

그 말에 처음으로 구대문파가 힘을 합치게 되었다.

아주 단순했다. 이제까지 수십, 수백 년 동안 쌓여왔던 서로 간의 경계가 일시에 무너져 버린 것이다.

그로 인해 무림맹이 결성되었고, 세외의 세력인 서장을 격퇴하는 것으로 무림은 다시 얼마간의 평화를 되찾게 되었다.

"하지만 백로검이 사라지신 이후부터는… 다를 바가 없는 자들이 드문드문 보이기 시작했지."

청성파의 몰락 당시 무당파는 움직이지 않았다. 분명 서로 간의 규율을 체결했었거늘 그들은 자신들에게 피해가 미칠까 두려워 무당산 밖으로 한 걸음도 나서지 않았던 것이다.

'분명 저 둘이 이곳에 온 데에는 목적이 있다.'

갑작스레 호승심이 들끓어 비무초친에 나서기에는 가운악의 위치가 가로막을 것이다. 무당파와 같이 봉문된 문파에서 밖으로 나설 수 있다는 건 분명 장로를 비롯한 고위 인사의 허락을 얻었기 때문이니까.

'그렇다는 건 이 상황이 의도된 거라는 이야기인데.'

아무래도 이상하다.

운요는 잠시 인상을 찡그렸지만, 이내 생각을 훌훌 털어냈다. 어차피 관계없는 사람의 이야기다. 일단은 비무를 기다려 봐야 할 것이다.

'또 저쪽도 허둥지둥하고 있고.'

제갈위를 비롯해 천회맹의 인사들은 정신없이 사방으로 돌아다니고 있었다.

아마도 자신들의 생각과 영 다른 일들이 벌어져 제대로 판단을 내리기가 어려운 모양이었다.

조금 더 시간이 지나자 곧 비무를 시작한다는 말과 함께 종이 울리기 시작했다.

사람들이 우르르 몰리기 시작한다. 운요는 가만히 그것을 바라보다 이윽고 소하를 향해 입을 열었다.

"구경하고 싶어?"

"아뇨."

운요의 입가에 웃음이 걸렸다.

"뜻이 맞았군. 그럼……."

그의 눈이 옆쪽을 향했다. 소하 역시 이미 청아가 달려갔던 백영세가의 옆문을 응시하고 있는 터였다.

"나름대로 행동해 보실까."

* * *

"사형!"

청아는 다급히 문을 열어젖혔다.

비무에 참가한 이들을 위해 세가에서 제공해 준 방, 그 안에는 가운악이 엄중한 표정으로 앉아 있었다.

"왜 왔느냐."

"지금 이게 무슨 짓입니까!"

청아는 이해가 되지 않았다.

가운악은 청아의 첫 무림행을 선도해 주기 위해 이 자리에 있던 것이 아니라는 말인가? 갑작스레 그가 비무초친에 참가한다는 건 상상도 하지 못할 일이었다.

"왜 사형이……! 게다가 본산의 뜻이라니요!"

"말 그대로다."

"그럼, 왜 저를 쳐다보지 못하십니까!"

청아의 말에도 가운악은 여전히 고개를 살짝 내린 상태였다.

"네게 자세히 말해야 할 이유가 없다."

그것에 그녀의 눈이 일그러졌다.

"제게 숨기는 게 있으시면 늘 그러셨지요."

"……."

가운악은 조용히 자신의 칼날을 닦고 있을 뿐이었다.

"제가… 검로(劍路)를 포기하면 되겠습니까?"

비무초친에 참여해 우승한 자는 백영세가의 빈객이 된다. 즉, 무당파에서 나간다는 뜻이다.

그런 걸 장로들이 인정할 리가 없다. 청아는 그렇기에 가운악의 행동이 자신에게 보내는 모종의 시위라고 생각했다.

"그건 너의 것이다. 일찍이 백로검께서 정한 뒤로 누구도 거

역하지 못하는 규율이야."

"그런데 왜!"

소리가 울린다.

청아는 입술을 꽉 깨물며 손을 부르르 떨었다.

"무공을 잃을 겁니다. 장로님들은… 사형을 죽이려 들지도 모릅니다."

"그래도 상관없다."

가운악은 여전히 같은 태도를 유지하고 있을 뿐이었다.

윽 하고 침음을 삼킨 청아는 결국 견딜 수 없어 몸을 돌려 버렸다.

문이 세게 닫히며 발소리가 울린다.

그녀가 사라지자 가운악은 씁쓸한 표정으로 닫힌 문을 올려다보았다.

"무림이란."

칼날은 영롱한 은빛을 내고 있었다.

"이런 곳이란다."

한편, 밖으로 나선 청아는 으득 이를 악물며 거침없이 앞으로 걸어 나가고 있었다.

도저히 상황을 이해할 수 없었던 탓이다.

'왜.'

가운악은 어릴 적부터 청아와 함께 무공을 배우며 자란 사이다. 그렇기에 마치 친오빠와 같이 그를 대해왔었다. 그런 가운악이 지금 자신에게 보이는 이 차가운 태도를 도저히 이해할 수 없었다.

눈물까지 뭉클뭉클 차오르고 있었다.

이제까지 무당파에서 가해져 왔던 수많은 차별 속에서 그녀를 지켜줬던 건, 단연 가운악이었기 때문이다.

너무나 격하게 쏠려 버린 감정은 주변에서 다가오는 이마저도 잊어버리게 만들 정도였다.

"아가씨!"

그 외침에 청아는 다급히 고개를 젖혔다. 자신이 불쑥 튀어나온 탓에 누군가와 부딪칠 뻔했기 때문이다.

그곳에는 놀란 눈의 미인이 자리해 있었다.

"아……!"

알 수 있었다.

한눈에 본 순간, 마치 주변에 꽃이 피어나는 것만 같았다.

'백영일화……!'

"무례한 자! 아가씨에게 실례를 저지르고도……!"

시비 하나가 앙칼지게 고함치자 곧 유원은 손을 들어 그녀를 제지했다.

"괜찮아, 죽(竹)."

유원은 이윽고 청아를 빤히 바라보았다. 그 순간 유원은 저도 모르게 얼굴이 붉어졌다.

'같은 여자인데……!'

자신의 성별에 대해서 깊이 생각해 본 적은 없었다. 그저 조금씩 부푸는 가슴과 여성의 변화가 무공을 익히는 데에 불편하다는 느낌뿐이었다.

하지만 유원을 본 순간, 알 수 없는 기분이 들었다.

십 년이 넘는 세월 동안 검만을 휘둘러온 청아와는 다르게 그녀에게서는 고결한 무언가가 흐르고 있었던 것이다.

"괜찮으신가요?"

유원은 청아의 팔목을 살짝 붙잡았다. 그 따스한 느낌에 청아가 놀라자 유원은 당황하는 죽을 향해 고개를 돌렸다.

"방으로 갈게."

"예……?"

죽의 얼굴이 당황으로 물들었다.

"아, 아가씨! 비무초친이 곧인데 처음 보는 남자와 단둘이 계신다면……!"

"괜찮아. 아저씨들에게는 네가 잘 이야기해 줘."

살짝 눈짓하는 모습에 죽은 끙 소리와 함께 고개를 내렸다. 백영세가의 시비로 평생을 살아왔지만, 유원이 이런 말을 한 적은 거의 없었기에 융통성을 발휘한 것이다.

"알겠습니다. 일식경 정도는……."

고개를 끄덕이며 물러서는 죽의 모습에 유원은 잡은 팔을 슬쩍 당기며 청아를 쳐다보았다.

"가요."

청아는 당황할 수밖에 없었다.

"얼굴이 엉망이에요."

웃음, 게다가 자신의 얼굴이 눈물로 범벅이었다는 사실을 깨닫자 청아는 결국 힘없이 유원에게 끌려갈 수밖에 없었다.

유원의 방은 이제까지 항상 향냄새와 풀냄새만이 가득했던 무당파와는 다른 좋은 향기가 났다. 호화롭게 치장되어 있는 의자를 끌어 민 그녀는 청아를 그리 앉혔다.

손이 내밀어진다. 청아는 유원이 건넨 손수건을 받아 조심스럽게 눈을 닦았다.

"고, 고맙습니다."

"힘들죠?"

그녀의 눈에 희미한 웃음이 흘렀다.

"남장을 하고 무림을 돌아다닌다는 건."

청아의 눈에 여러 가지 감정이 복잡하게 휘몰아쳤다.

"염려하지 마세요."

유원은 자리에 앉으며 그리 말했다.

"저도 옛날에 그랬던 적이 있었어요."

철옥에 갇혔던 경험으로 알았다.

물론 갑작스런 일들에 청아의 경계가 허물어진 탓이 컸지만 유원은 그녀의 사소한 몸짓이나 자신과 부딪쳤을 때의 행동으로 그리 추론할 수 있었다.

청아는 그것을 몰랐기에 당황한 표정으로 어찌 반응해야

할지를 생각하고 있는 모습이었다.

"워낙 미인이신 탓도 있지만요."

청아의 피부는 깨끗하고 맑다.

무당의 양원심공(兩原心功)을 익힌 데다, 꾸준한 수련으로 몸이 항상 절호조의 상태를 유지하고 있는 것 때문이기도 했다.

"아니, 그건……."

청아는 내심 그녀가 자기를 놀리는 것만 같았다. 그녀가 보기에 유원은 정말로 자신과 다른 천계(天界)에 사는 사람 같아 보였기 때문이다.

"본가의 행사에 참석하시는 건 아니실 것 같은데."

유원은 씁쓸한 웃음을 흘렸다.

"아, 저는… 사형을 막으러……."

"그럼 그 무당의 참가자라는 게 사형 분이시겠군요."

시녀인 죽에게 이미 상황은 들은 터였다.

갑작스레 무당파의 인물이 참가할 줄이야. 죽은 유원이 워낙 아름다워서 그렇다며 종알종알 이야기를 늘어놓았지만, 유원 역시 의심스럽기는 매한가지였다.

청아가 불안한 듯 문을 돌아보는 것에 유원은 조용히 말을 이었다.

"조금만 더 계시다 나가면 제지하는 사람이 없을 거예요. 지금 외부인이 붙잡힌다면… 큰일이 날 수도 있으니까요."

그렇기에 유원은 청아가 여인이라는 것을 눈치챈 뒤, 재빠르게 그녀를 자신의 방으로 데리고 온 것이다.

혹시 문초라도 당하다 여인이라는 게 드러나면 무슨 화를 당할지 모르기 때문이다.

유원은 철옥에서 사람들의 비정(非情)을 배웠다.

그것을 알고 있기에 청아를 돕고 싶었던 것이다.

"감사합니다."

청아도 눈치를 챘기에 순순히 감사를 표했다. 만약 자신 때문에 사형에게 문제가 생긴다면 그건 그것 나름대로 큰일이었다.

그녀의 눈이 유원을 향했다.

비무초친.

그게 뜻하는 바가 어떤 것인지 유원도 모르지 않았다. 이곳으로 오기 전 가운악에게도 조금 설명을 들었고 말이다.

그녀의 의지는 존중받지 못한다.

비무초친에서 무를 증명한 자가 누구든 그녀를 차지할 권리를 얻어버리는 것이다.

"…괜찮으신 겁니까?"

유원의 입가에 은은한 웃음이 흘렀다. 하지만 청아는 그녀가 진짜로 웃고 있지 않다는 것을 알고 있었다.

그저 남에게 보이기 위한 웃음, 거짓으로 덧씌워 놓은 가면에 불과한 것이다.

"본가를 위해서니까요."

자신의 감정이 어떤 것인지는 더 이상 묻지 않아도 알 수 있었다.

청아는 내심, 유원을 부럽다고 느꼈던 자신이 한심하게 느껴졌다.

그녀가 어떤 생각을 하고 살아가고 있을지에 대해서 생각해 보지 않았던 것이다.

"실언을 했습니다."

"아니에요. 오히려 놀랐던 걸요. 무림에 계신 여협(女俠)을 만나는 건 처음이라."

청아의 얼굴이 당황으로 차올랐다.

"그런 말을 듣기에는 모자랍니다. 저는 그저… 사형을 따라온 것에 불과합니다."

그녀는 무당파에서도 특이한 인물로 취급받았다.

고아로 자라나 어릴 적부터 무당산에서 컸고, 당시 장로들의 차별을 받았지만 다행히 스승의 도움으로 가운악을 비롯한 소수의 사람들과 함께 자라날 수 있었다.

"사형을 막기 위해 여기까지 들어오셨다는 건… 정말 그분을 소중히 생각하고 계신단 거겠죠."

가운악은 마치 가족과도 같은 사람이었다. 무당파의 사람들이 희미한 차별의 시선을 보낼 때면, 늘 든든히 그녀의 옆에서서 함께 있어주었다.

모두가 납득할 수 없었던 일, 청아가 무당의 '비전'을 가질 자격이 있다는 말에도 가운악만은 그녀의 편을 들며 다른 이들에게 항변했었다.

'사형을 믿어야 하는 건가.'

청아는 그런 생각도 들었다.

이제까지 가운악이 그녀를 대할 적에 나쁜 일을 한 적은 없었다.

하지만 그의 그 싸늘한 눈이 계속해서 알 수 없는 불안감을 느끼게 하고 있었다.

쿵쿵쿵!

바깥에서 소리가 들렸다.

누군가가 뛰기라도 한 듯 마루바닥을 디디는 소리가 요란하게 울려 퍼지고 있었다.

"아가씨!"

그리고 곧 죽이 거칠게 문을 열었다. 숨을 헐떡이고 있는 모습, 머리마저 산발이 되어 있었다.

"괘, 괜찮으십니까?"

"응……?"

유원은 청아와 평화롭게 이야기를 나누고 있는 지금 상황을 보여주었고, 죽은 복잡한 표정을 짓다 안도의 한숨을 뱉었다.

"사실 누군가 침입했다는 말이 있어서… 아가씨께 별일이 없다면 다행이에요. 일단은 여기서 조금 더 있어주시길!"

뒤쪽에서 세가의 무사들이 우르르 몰려가는 모습도 보인다. 유원이 고개를 끄덕이자 죽은 분연히 문을 닫으며 사라졌다.

"무슨 일일까요……?"

유원의 물음에 청아도 고개를 갸웃거릴 뿐이었다.

"침입자라면……."

"비무의 결과를 조작하고 싶어 하는 이들이 많으니까요."

백영세가의 가신이 된다는 건 어마어마한 부를 거머쥔다는 뜻이다.

따라서 단순히 비무초친에 나선 이만이 아니라, 그들의 배후에 있는 자들도 이득을 얻을 수 있었다.

그렇기에 마원은 비무에 응한 이들을 모두 세가 안에 집어넣어 혹시나 있을 부정행위를 방지한 것이다.

"그런데도 침입했단 건… 별일이네요."

백영세가의 무력은 상상 이상이다. 그동안 시천월교의 지배 때에도 문을 닫아 잠근 채 무인들을 육성했고, 비싼 돈을 들여 강한 자들을 사오기도 했다.

그렇기에 어지간한 무인이라면 함부로 행동하는 것은 자살행위라고 봐도 무방할 정도였다.

"위험할 수도 있겠군요."

청아는 조용히 그렇게 중얼거렸다. 만약 그런 식으로 누군가가 침투할 수 있다는 건 암살도 가능하다는 이야기였다.

끼이익…….

그 순간 청아의 몸에서 희미하게 푸른 기운이 솟구쳤다.

양원심공은 검을 펼치기 위해 정립된 심공이다.

무당제일심법이라는 무상기(無常氣)에는 미치지 못하지만, 적어도 유원은 듣지 못할 조그마한 소리는 잡아낼 수 있었다.

유원은 청아가 손을 들어 올리며 일어서는 것을 보았다.

그녀는 조용히 칼자루를 움켜쥐었다.

유원이 놀란 표정을 지었지만 청아는 뒤쪽에서 아주 미세하게 움직이는 문고리를 놓치지 않았다.

"흣!"

은빛이 그어졌다.

백영일화의 방에 제멋대로 들어오는 자, 더군다나 그 기척마저 은밀하다.

양원심공이 이러한 탐지에 능한 심법이 아니었다면 청아도 알지 못했을 것이다.

누군가 그녀를 노리는 게 분명하다는 생각에 청아는 단숨에 일검을 허공에 뿌렸다.

턱!

그러나 청아의 눈이 커진다.

상대는 들어서자마자 은빛 칼날을 손으로 붙잡으며 옆으로 치웠던 것이다.

"놀라라……!"

청아는 다급히 자신의 손을 보았다.

완벽했다. 그녀가 할 수 있는 최고의 속검(速劍)이라고 할 수 있었다. 그러나 그 일격이 이토록 허무하게 붙잡힐 줄이야!

그리고.

유원의 눈이 동그랗게 변했다.

"소하?"

소하는 한숨을 뱉으며 노란빛으로 덮인 오른손을 내렸다.

"겨우 찾았네."

*　　　*　　　*

"무당파에서도 참가할 줄은."

"파문당한 자라도 되는 건가?"

가운악을 바라보는 이들은 모두 그런 소리를 해댔다. 그들로서도 갑작스레 나타나 비무초친에 참가한 가운악이 이해되지 않았던 것이다.

무릇 구대문파라 한다면 사람들의 질투 어린 시선과 명예를 얻는다.

그러나 가운악은 지금 무당을 나가는 한이 있더라도 비무초친에 참가하겠다는 뜻을 밝힌 것이다.

"돈을 원하는 걸지도."

"도사가? 허, 속물이군."

그들은 큭큭대며 가운악을 비웃고 있었다.

당연한 일이었다. 구대문파를 박차고 나간다는 건 단순히 그걸로 끝나는 일이 아니다. 가운악의 몸에 스며들어 있는 무당의 무공, 그리고 비전이라 말할 수 있는 심법 등을 타인에게 넘겨주도록 놔둘 수는 없는 것이다.

그렇기에 그러한 일이 일어난 순간 무당파는 아마도 가운악에게로 사람을 보낼 것이다. 그의 무공을 폐하거나, 혹은 극단적으로 보자면 그를 죽이려 들 수도 있었다.

모두들 가운악이 그러한 추적이 두려워 백영세가의 힘을 빌리려는 것이라 생각했다.

실제로 그런 방식으로 빈객이 된 이들도 제법 있기 때문이다.

그러던 중 대기실 바깥에서는 큰 소리가 울렸다.

"누가 또 난동이라도 부리나?"

바깥에서 잠시 볼일을 보고 왔던 이들이 투덜거리며 안으로 들어섰다.

"어떤 미친놈이 세가 내에 들어온 모양이군."

"하여간 도박꾼들은."

비무초친의 결과에 돈을 거는 부호가 많다. 더군다나 백영세가가 벌인 커다란 행사라면 더더욱 몰릴 것이다.

모든 이들은 그들이 고용한 자가 부정을 행하려다 걸린 것으로 생각하고 있었다.

"아니, 그렇지도 않더군."

한 젊은 남자가 밝은 목소리로 중얼거렸다.

"여자같이 곱상한 놈 하나가 제멋대로 설치던데? 사형을 찾겠다느니 어쨌다느니."

"허어?"

"이상한 일도 다 있구만."

그것에 가운악의 눈에 이채가 어렸다.

"바깥에 벌써 상당수가 나가 있으니, 곧 시체가 되어 내버려지지 않겠나."

"하긴, 백영세가에 제멋대로 들어왔으니 죽어도 어쩔 수 없는 일이지."

그 순간 가운악은 거칠게 밖으로 나서려 했다.

그러나 그의 어깨가 누군가에게 붙잡힌다.

모두의 시선이 일시적으로 문밖을 향한 순간, 아까 전 말을 꺼낸 젊은 남자가 어느새 안으로 접근해 가운악을 붙잡은 것이다.

그를 알아본 가운악의 눈이 떨렸다.

"잠시 이야기 좀 하세."

운요는 씩 웃음을 지었다.

순간 가운악의 눈에서 여러 감정들이 물결쳤다.

"청아가 위험하다면……."

"우리 쪽에서 벌인 일이지. 아직 그자가 보이지는 않지만 안전할 거요."

소하가 일부러 무인들에게 모습을 드러내, 줄행랑을 치도록 만들었다.

아주 잠시 동안의 시간을 벌어주는 것으로 충분하다. 그동안 운요는 이들의 흐트러진 감시를 틈타 이리로 들어온 것이다.

가운악은 결국 운요와 함께 안쪽의 방으로 나섰다. 대기실의 안쪽에는 수십 개가 넘는 방이 자리해 있었다.

문을 닫은 운요는 내공으로 제음(制音)까지 처리한 뒤에야 몸을 돌렸다.

"왜 그런 짓을 했지?"

"참견이 과하십니다."

가운악의 눈에는 완연한 적의가 떠올라 있었다. 갑작스레 나타나 자신의 일에 끼어드는 이가 마음에 들 리가 없다.

"알고는 있지만, 서로 엮인 것에 영 신경이 쓰여서 말이야."

그는 미소를 지은 뒤, 털썩 의자 위에 주저앉으며 말을 이었다.

"무당파에서 지시한 건가?"

"…말할 이유가 없습니다."

"그럴 수도 있겠지만."

어깨를 으쓱인 운요는 나직이 말을 덧붙였다.

"죽을 텐데."

그 말에 가운악은 깊은 한숨을 내뱉었다. 그 역시 이미 알고 있었다.

"본산의 명입니다."

"무당파라면 정도(正道) 중의 정도를 걷는 문파인데… 어찌 사문의 제자에게 배신하라고 종용하는 거지?"

"……."

가운악은 입을 굳게 다물고 있을 뿐이었다. 문파의 일이다. 비밀로 하고 싶은 게 당연했다.

"사제에게는 말하는 게 좋지 않겠나. 이대로라면… 자네만 힘들어질 텐데."

"청아는 아무것도 모르는 것으로 충분합니다."

가운악은 조용히 자신의 검을 바라보았다.

무당의 검을 증명하는 송문(松文)이 새겨져 있다. 그것을 꽉 쥐며, 그는 운요에게로 눈을 돌렸다.

"무당에게는 무당의 규율이 있습니다."

더 이상 대화할 생각이 없다는 뜻이다.

"그런가."

운요는 후우 하고 길게 한숨을 내뱉었다.

"너무 무리하지는 말게. 비무초친을 시도했다는 것으로 무당파가 자네를 파문하지는 않겠지."

만약 가운악이 비무초친에 참가하는 것이 무당파의 목적이라면, 분명 그 숨겨진 의도가 있을 게 분명했다.

운요는 그가 중도에 패배한다면 나름대로 참작을 받을 것이라 여긴 것이다.

문이 열리고 운요가 밖으로 나서자 가운악은 방에 홀로 남아 조용히 칼집을 움켜쥐었다.

그러고는 그것을 품에 안는다.

"그럴 수는 없습니다."

팔이 떨린다.

그것은 이윽고 전신으로 퍼졌다.

칼을 온몸으로 끌어안은 가운악은 이내 떨리는 목소리로 중얼거렸다.

"청아를 위해서."

* * *

"일단……."

소하는 영 어색하단 표정으로 찻잔을 들어 한 모금을 마셨다.

"잘 지냈니……?"

청아가 듣기에도 어색하다 못해 한심하게 느껴질 정도의 목소리였다.

하물며 유원은 어떠할까.

그러나 그녀는 소하를 빤히 바라보고 있었다.

마치 눈을 감으면 다시 그가 없어질 것 같다는 양, 고개를 돌릴 생각도 하지 않은 채 말이다.

"살아 있었구나."

유원의 말에 소하는 고개를 끄덕였다.

"다행히 밑에 강이 있었거든."

소하와 유원이 이전부터 아는 사이인 것 같다는 생각에 청아는 입을 다물었다. 그렇다면 자신이 끼어드는 것도 이상한 일이라 여겼던 것이다.

'하지만.'

그녀의 마음에 걸리는 건 아까의 일이었다.

자신이 전력으로 휘두른 일검이 막혔다. 무기도 아닌, 맨손에 말이다.

내공을 실은 청아의 검격은 사람의 살과 뼈를 가볍게 베어낼 수 있을 정도의 힘을 싣고 있을 터였다.

'그걸 막았다는 건…….'

소하의 내공이 청아의 칼날을 막아낼 정도로 웅혼하다는 이야기다.

"비무초친."

소하는 찻잔을 내려놓으며 말을 이었다.

"들었어."

"그렇구나."

유원의 눈가에 절로 쓸쓸함이 떠올랐다.

소하를 만난 순간 그녀는 자신의 처지를 잊을 정도로 기뻤다. 그를 만나자 마치 이전 자신이 유일하게 자신의 뜻대로 움직일 수 있었던 시기로 돌아간 것만 같았기 때문이다.

하지만 현실은 현실이다.

"참가하러 온 거야?"

"아니."

청아는 내심 탁자 아래로 내렸던 손을 쥐었다.

유원이 어떤 심정으로 그 말을 꺼냈는지 알 수 있었던 것이다.

"호북을 지나면서, 이곳에서 큰 모임이 일어나고 있다는 말을 들었거든."

유원의 표정은 변하지 않았다. 그녀는 그저 차를 다시 소하의 잔에 따라주며 고개를 끄덕였을 뿐이다.

"많은 무림인들이 백영세가에 들어가고 싶어 해."

여러 욕망을 품고 말이다.

유원의 그 목소리에도 소하는 조용히 차를 마시고 있을 뿐이었다.

그녀는 입술을 달싹였다.

더 이야기하고 싶다. 이 답답하도록 갇힌 공간 안에서 견디기 위해 그녀는 계속해서 철옥의 추억들을 되새기는 수밖에 없었다.

그러나 막상 소하를 마주하게 되니 아무 말도 떠오르지 않았다.

쿵쿵쿵!

발소리들이 들린다.

"죽이 오고 있는 걸지도 몰라."

청아라면 괜찮겠지만 소하가 있는 걸 본다면 문제가 커질 수 있다.

"이제 가야겠네."

소하는 그리 말하며 자리에서 일어섰다.

애초에 청아를 찾기 위해 이리로 들어온 것인 만큼 오래 시간을 끌면 위험했다.

유원은 가만히 소하를 올려다보았다.

"무사해서 정말 다행이야."

소하는 웃지 않았다.

발소리는 더욱 커진다.

"어떻게 하고 싶어?"

청아와 유원의 눈은 소하에게로 향해 있었다.

아주 잠시였다.

무인들은 바깥에서 적을 찾지 못하자 다시금 안쪽의 방을 조사하고 있었다.

유원이 있는 곳까지 닿는 것은 금방이었다.

그 찰나의 순간.

유원은 대답하지 못했다.

"난……."

세가를 위해.

백영세가의 인물들에게 뿌리깊이 자리한 기본적인 사고였다.

백류영의 상황을 이해하고 있다.

그가 백영세가를 다시 일으켜 세우고 무림에서의 입지를 높이려면 유원이 희생해야만 했다. 그녀는 훌륭한 도구로 기능할 수 있기 때문이다.

그걸 알았기에 그녀는 욕심을 부리지 않았다.

이미 세가를 위해서 너무나도 많은 이들이 희생했었기에.

침묵이 흘렀다.

아주 잠깐 동안의 시간이었지만, 청아는 마치 그게 한 시진은 되는 것처럼 느껴졌다.

"다음에 다시 물어볼게."

소하는 그리 말하며 몸을 돌렸다.

그와 동시에 청아는 자신의 팔을 붙잡는 소하의 손을 느꼈다.

"뭐, 뭐 하는……!"

스팟!

소하와 청아의 몸이 땅을 박찬다.

그러나 바람을 가르는 소리만 남을 뿐, 문이 열리는 것과 동시에 소하는 질풍처럼 청아를 데리고 문 밖으로 사라졌다.
유원은 그 뒷모습을 멍하니 바라보고 있었다.
곧 무인들이 우르르 모습을 드러낸다.
"아가씨!"
죽의 목소리. 그러나 유원은 여전히 멍한 표정을 짓고 있었다.
'내가 어떻게 대답했어야 하는 거니.'
그러나 아무도 없다. 소하는 이미 떠나 버린 지 오래였다.
다급히 죽이 가까워져 왔지만, 여전히 유원은 슬픈 표정을 지은 채 고개를 떨구고 있었다.
한편.
"자, 잠깐……!"
청아는 속이 메스꺼워져 왔다.
소하는 벽을 박차는 것과 동시에 마구잡이로 꺾어지며 저택을 빠져나가는 중이었다.
단숨에 배경이 바뀐다. 아까까지 분명 집 안이었거늘, 이제 소하는 땅을 박차 올라 허공을 날고 있었던 것이다.
'나를 붙잡고 있는데도!'
청아는 마치 깃털처럼 치솟는 소하의 모습에 경악할 수밖에 없었다. 그는 지붕 위에 내려앉았지만 아무런 소리도 내지 않았던 것이다.
"좋아. 다들 안쪽에 있어서 그런지 편하게 도망쳤네."

소하가 그리 중얼거리며 청아를 내려놓자, 그녀는 힘이 빠진 듯 스르르 미끄러졌다.

하지만.

“왜 그런 말을 한 거지?”

소하의 눈이 청아를 향했다. 그녀는 명백히 인상을 쓰고 있었다.

“백영일화라는 저 여인은… 네가 구해주기를 바라고 있었잖아.”

“내가 어떻게?”

소하의 물음은 어떤 의미로 천진하기까지 했다. 그것에 청아는 답답해져 왔다.

“비무초친 때문에 힘들어하고 있다는 걸 알고 있었다면……!”

“그건 유원이가 해결해야 할 일이야.”

소하는 그리 말하며 아래를 내려다보았다.

어느새, 비무가 시작하고 있는 모양이었다. 멀찍이 자리한 비무대에는 두 명의 무인이 자리해 서로 간에 인사를 나누고 있었다.

“내가 계속해서 책임질 수 있는 게 아니지.”

“너……!”

청아의 분노한 표정에도 소하는 평온하게 비무장을 바라보고 있을 뿐이었다.

두 명이 맞붙는다. 상당한 수준의 내공이 진동하며 주변 공기를 어지럽히고 있었다.

"윽!"

청아는 소하를 바라보다, 이내 아래로 뛰어내리며 달려가기 시작했다. 그녀는 가운악을 찾는 것이 우선이었기 때문이다.

"……."

소하는 비무대를 바라보며 조용히 주먹을 움켜쥐었다.

여러 생각이 그의 머리를 교차하고 있었다.

第三章 비무

카아아앙!

무기가 부딪치는 소리가 요란하게 울려 퍼졌다. 그에 따라 상황을 지켜보던 군중들의 얼굴에도 환호의 열기가 물들고 있었다.

"저게 바로 이천살검인가! 쌍검(雙劍)이라……!"

이제까지 듣도 보도 못했던 독특한 검술의 위용에 다들 감탄을 금치 못하는 모습이었다.

이천살검이라 불린 자는 양손에 살짝 짧은 칼을 든 채로 음산하게 앞쪽에서 헐떡이는 자를 쳐다보고 있었다.

"크으윽!"

쌍검의 현란한 공격에 맥을 못 추던 남자는 이윽고 전력을 다해 허공에 삼도를 발출했다. 그 역시 비무초친에 참가할 만큼 나름대로 실력에 자신이 있던 몸, 이런 식으로 패배하기를 원치 않았던 것이다.

다만 상대가 좋지 않았다.

스걱!

이천살검은 발을 앞으로 향하는 동시에 도격의 궤도를 흩었고, 그 순간 왼손에 붙잡힌 칼날이 남자의 겨드랑이를 베었다.

비명이 뒤이었다. 하지만 거기서 멈추지 않았다.

이천살검의 손에 쥐어진 칼날은 현란한 십자를 그리며 단숨에 남자의 가슴을 움푹 베어놓았다.

"그만!"

마원의 손이 올라간다. 이천살검은 즉시 한 걸음을 물러서며 핏방울이 뚝뚝 떨어지는 칼을 아래로 향하고 있었다.

"양명방의 이천살검 승!"

"대단하군!"

"역시 양명방인가!"

운요는 이곳저곳에서 흥미 어린 시선으로 이천살검의 검술을 관찰하는 이들의 목소리를 듣고 있었다. 아마도 큰 내기가 걸려 있는 듯, 몇 명은 입에 거품을 물 정도로 기뻐하며 손을 휘적대고 있는 중이었다.

그러나 아무도 피에 젖은 채 끌려 나가는 자에 대해서는 신경 쓰지 않는다.

'이게 기분 나쁜 점이지.'

비무란 모름지기 무를 비교하는 자리다. 서로가 서로 간에 존중을 가져야만 하는 것이 당연하거늘, 지금 이 자리는 그저 누구 하나가 상대를 철저하게 도륙하는 것을 보고 싶어 하는 자들로 득실대고 있었다.

벌써 셋이 죽었다. 멍석에 말린 채 들려 나간 시체는 아마 그대로 버려져 아무도 모르는 곳에 매장되거나 할 것이다. 다들 그러한 사실을 인지하고 이 비무초친에 지원한 것이기 때문이다.

"젠장!"

이천살검에게 베인 자에게 돈을 건 모양인지, 구경하던 한 남자는 들고 있는 종이를 내버리며 뿌드득 이를 갈고 있었다.

"쓸모없는 놈! 여기서 죽으면 안 되지!"

"형씨, 보는 눈이 없구만!"

사람의 목숨을 돈벌이로 보는 자들의 목소리다.

운요는 그들을 응시하던 시선을 옆으로 돌리며 비무대에 올라오는 무인들을 바라보았다.

"운요 형!"

소하의 목소리가 들렸다. 겨우겨우 인파를 뚫고 그가 있는 곳까지 도착한 것이다.

"잘 됐니?"

"…아뇨."

씩 웃은 운요는 소하의 머리를 쓰다듬어 주었다.

"그래, 일단 지켜보자."

소하도 고개를 끄덕일 뿐이었다. 두 명의 눈은 모두의 관심이 집중되어 있는 비무대로 향해 있었다.

"맹화봉인가……."

"세 보이네요."

소하의 판단은 정확했다. 맹화봉이라는 자는 두터운 근육과 온몸에 스산한 흉터를 지니고 있었다. 그만큼 여러 싸움을 거쳐 오며 단련되었다는 뜻이다.

등에 매단 거뭇한 봉을 붙잡은 그는 단숨에 그걸 내리며 바닥에 내리찍었다.

쿠우우우우!

진동이 울린다.

"나오는 자에게 경고하겠다."

그의 목소리는 깊은 동굴 속에서 울리는 듯 깊고 음울했다.

"지금 비무를 포기한다면 목숨을 건질 수 있을 것이다. 하지만 나오겠다면……."

동시에 뜨거운 열기가 군중들의 뺨을 덥혔다.

콰아아앗!

"내, 내공이……!"

몇 명이 뜨거움에 주체하지 못하며 물러섰다. 마치 거대한 불길처럼 맹화봉의 몸에서 뜨거운 내공이 치솟고 있었기 때문이다.

"곱게 죽을 생각을 버리는 게 좋을 것이다."

허세로 생각할 수 없을 정도의 기운이었다.

그 장면을 빤히 바라보고 있던 소하는 이내 뒤에서 들려오는 목소리가 상당히 낯익다는 것을 느꼈다.

"과연 대단하군! 저게 바로 맹화봉인가……!"

"장 소협, 위험해요!"

"하하, 괜찮소! 강한 자를 보고 배우는 것이야말로 비무의 참된 의미가 아니겠소!"

소하의 눈이 돌아가자 그곳에는 이전 이설과 함께 만났었던 장처인과 금하연의 모습이 있었다.

"오?"

소하를 알아본 장처인 역시 척척 앞으로 나서며 반가운 표정을 짓고 있었다.

"이거 구면이 아닌가!"

반가워하는 장처인과 얼른 고개를 숙여 보이는 금하연의 모습.

운요는 떨떠름하게 그 장면을 바라보다 소하에게 눈짓했다.

"예전에 만났던 분들이에요."

"아, 그렇군."

결국 운요도 자연스레 그들과 통성명을 하게 되었다.

"처, 청성신협……? 세상에!"

장처인의 얼굴에 놀람이 깃들었다. 운요의 정체가 최근 들어 이 근방을 뜨겁게 달구고 있는 청성신협이라니!

"내월당의 금하연입니다."

금하연까지 인사를 하자, 운요는 고개를 끄덕이며 씩 웃었다.

"함께 비무라도 보시겠소?"

"좋습니다! 하하!"

장처인이 호쾌하게 그리 소리치는 것에 금하연은 다시 한숨을 내쉬었지만, 이내 소하에게 반가운 표정을 지었다.

"다시 뵈어 반가워요."

그들 역시 나름대로 무림을 여행하고 있던 길에 호북에서 일어난다는 큰 회동을 한 번 구경하려 했던 것이다. 아침부터 줄을 선 끝에 비무가 시작한 뒤에야 겨우 들어올 수 있었던 모양이다.

"한 분이 없네요?"

"아, 영 소협은 잠시 볼일이 있다고 딴 데로 가셨어요."

그렇게 소하가 금하연과 이야기를 주고받던 도중, 군중들의 환성이 울려 퍼졌다.

위협스런 자세를 취하고 있던 맹화봉의 앞에 한 남자가 올라서고 있었던 것이다.

"저건……."

소하는 멍하니 그렇게 중얼거렸다.

조용히 칼 한 자루를 걸친 가운악은 저벅저벅 걸음을 옮겨 흰 비무대 위로 올라서고 있었다.

사방이 고요해졌다.

맹화봉이 발출하는 기운은 마치 저돌적인 맹수와도 같다면 가운악의 온몸에서 부드럽게 흘러나오는 것은 마치 산들바람과도 같은 기분이 들었다.

하지만 밀리지 않는다. 가운악이 걸어갈 때마다 뜨거운 내공의 화기가 조금씩 상쇄되어 풀려가고 있었던 것이다.

"무당인가."

맹화봉의 입가에 웃음이 감돌았다.

흉터가 주욱 그어져 있는 입을 몇 번이고 씰룩거린 그는 이내 봉을 들어 거칠게 가운악을 겨누었다.

"어디 실력을 보마!"

군중들의 목소리가 점점 잦아들고 있었다. 모두가 숨을 죽이고 이 대결을 지켜보려는 것이다.

"어떻게 될까요?"

소하의 물음에 운요는 흠 소리를 냈다.

"확신할 수 없구나."

"무당이라 해도… 이제 시대에 뒤처진 곳이 아니겠소."

장처인이 옆에서 말을 보탰다.

"맹화봉이라 하면 이전 멸문한 철중방의 후예에 실력 역시 무림에서 명성을 날릴 정도라고 했소."

물론 장처인도 주변에서 수군거리는 걸 들은 정도에 불과하다.

하지만 군중들 모두가 맹화봉의 승리를 짐작하고 있었다. 가운악의 유약해 보이는 생김새와 자칫 추레해 보일 수 있는 몰골 때문이다.

가운악은 아무 말도 하지 않았다.

스르릉……!

그저 검을 뽑아 맹화봉을 겨눴을 뿐이다.

"제법 자세가 좋군."

맹화봉은 씩 웃음을 지으며 말을 이었다.

"지금이라도 물러난다면……."

"당신은."

가운악의 목소리는 낮게 가라앉아 있었다.

"입으로 무를 겨룰 참이오?"

맹화봉의 이마에 두꺼운 힘줄이 돋아 올랐다.

그 순간 그는 미간을 찌푸림과 동시에 마치 불길이 치솟듯 내공을 방출해 내고 있었다.

"건방지군."

가운악은 조용히 맹화봉에게서 시선을 떼며 주변을 바라보았다.

모든 군중들의 눈은 상대를 어서 죽이라며 고함지르고 있었다.

그러나 그들 중 단 하나.

멀리서 힘겹게 숨을 고르며 달려오고 있는 자가 보였다.

청아는 자신의 사형이 비무대에 올랐다는 사실을 뒤늦게 알고는 이리로 달려오는 중이었던 것이다.

'미혹(迷惑).'

늘 무당파의 가르침을 받으며 경계해야 하는 것 중 하나였다.

무당의 검은 언제나 올곧아야 하며 상대가 누구든 그 원숙함을 갖춰야 한다고 배웠다.

가운악은 아직까지도 자신을 감싸는 미혹을 느꼈다.

마치 길을 잃은 것처럼 어두운 안개가 눈앞을 막은 듯했다.

하지만 청아를 본 순간 그러한 것들은 모조리 사라졌다.

자신이 해야 할 일을 깨달은 탓이다.

그는 칼을 움켜쥐며 고요히 자신의 전신에서 내공을 방출해 내었다.

은은한 종소리와 같은 울림이 퍼져 나가고 있었다.

*　　*　　*

"바깥이 제법 시끄럽군요."

"원래 볼거리가 많은 곳에 돼지들은 환호하는 법이오."

그 차디찬 매도에 제갈위는 픽 웃음을 지었다.

백류영은 조용히 차를 마시는 데에 집중하고 있을 뿐이었다.

"그럼 백 대협."

제갈위는 조용히 주변을 둘러보았다. 항상 백류영을 따르는 세가의 무사들마저도 자리하지 않은 상황이었다.

"왜 저를 따로 부르신 겁니까?"

비무가 시작되고 난 뒤, 제갈위는 백류영의 은밀한 부름을 받아 이곳에 왔다.

그 외에는 아무도 자리하지 않은 데다 백류영의 사실(私室)인지라 더욱 오만 가지 생각이 교차하고 있었다.

"천회맹과의 협력을 거절한 것은 그들의 오만 때문이오."

"오만……."

제갈위는 고개를 끄덕였다. 이해가 가는 말이었다.

시천월교의 몰락 이후, 천회맹은 천하에 자신들 이상의 자들은 없다고 선언하며 급속도로 세력을 결집하기 시작했다.

"그들의 그러한 모습으로는 다가오는 위협에 대비할 수 없지."

"위협이란 무엇입니까?"

제갈위의 질문에 백류영은 훗 하고 웃어 보일 뿐이었다.

"그건… 지금부터 소개할 인물에게 듣는 게 나을 것이오."

문이 열린다.

제갈위는 그곳에 서 있는 백의의 남자를 보았다. 자칫하면 여자로 착각할 정도로 고운 인상이다.

더군다나 길게 기른 머리는 묘한 향기를 내며 바람에 흩날리고 있었다.

"처음 뵙겠소."

부채를 펼치며 그는 미소 지었다.

제갈위는 저도 모르게 다리에 힘을 꾹 주었다. 그를 본 순간, 그의 정체를 확신할 수 있었기 때문이다.

"신비공자……."

"그렇소."

남자는 빙긋 미소를 지었다.

"단리우(段里虞)라고 하오."

신비공자.

갑작스레 무림에 나타나 여러 일들을 동시에 수행하며 각종 세가들을 일으켜 세우고 무림인들을 지원한다는 신비의 인물이었다.

"지금부터 우리는… 아주 중요한 이야기를 할 것이오."

그는 매혹적인 웃음을 짓고 있었다.

"비무초친 따위로는 잴 수 없는 거대한 무림의 이야기를."

* * *

모두가 숨을 죽였다.

일촉즉발(一觸卽發).

누군가가 한 번 움직이는 순간 멈출 수 없는 압도적인 격류가 시작될 것을 느꼈기 때문이다.

시작은 맹화봉부터였다.

그는 이마를 꿈틀거리며 천천히 봉을 붙잡아 겨누고 있었다.

움직임 하나하나가 정밀하다.

맹화봉 역시 산전수전을 다 겪어온 무인이었기에 섣불리 가운악을 얕보지 않은 탓이다.

'견디기 어렵도록 일격에 끝낸다.'

싸움에서 이기기 위해서는 선공(先攻)이 필수라고 할 수 있다.

상대가 가진 수를 전부 알기 힘든 이러한 싸움에서 제대로 파악하지도 못한 채 탐색을 펼치는 건 어리석은 생각이 아닐 수 없었다.

맹화봉은 가운악 이후 자신과 상대할 뇌령부나 만련창과 같은 이들을 견제하고 있었다.

지금 여기서 자신의 무공이 많이 드러나 버린다면 그만큼 불리해질 수밖에 없기 때문이다.

"하아아앗!"

벼락같은 고함을 지르며 가운악의 발이 그대로 땅을 내리찍었다.

콰사앗!

그 순간 허공이 격렬하게 떨렸다.

그의 손에서 쏘아진 봉은 마치 거대한 불길처럼 허공에 노란 자국을 남기며 가운악에게로 쏘아졌던 것이다.

맞는 순간 몸의 어디 한 군데를 날려 버릴 수 있을 만큼 위력적인 힘이 모아져 있었다.

"빠르다!"

군중 중 하나가 놀라 소리쳤다.

맹화봉의 두터운 근육과 묵직해 보이는 봉의 모습은 저러한 속도를 예상하지 못하게 만들었던 것이다.

봉의 끝부분이 허공을 때림과 동시에 맹화봉의 눈이 일그러졌다.

맞지 않았다.

'그렇다면!'

그의 손이 휘돌며 단숨에 찔러졌던 봉이 옆으로 휘몰아쳤다. 마치 풍차처럼 봉을 휘두르며 옆으로 피해낸 가운악의 머리를 날려 버리기 위해서였다.

휘카아아악!

바람을 가르는 소리가 매섭다.

군중들은 앞머리를 뒤흔드는 충격파에 인상을 쓰며 앞을 노려보았다.

내공의 격류 때문에 마치 가운악의 몸이 보기 흉하게 일그러진 것만 같았기 때문이다.

'사형……!'

청아의 눈이 부르르 떨렸다. 그녀는 도저히 이 광경을 두고 볼 수 없었던 것이다.

하지만 맹화봉은 빠르게 발을 튕겼다.

두 걸음을 물러선 그는 이내 봉을 다잡으며 나직이 말을 뱉어냈다.

"꽤 하는군."

가운악은 아무렇지도 않은 모습으로 천천히 목을 까닥이고 있었다. 소매가 펄럭이며 전신이 마치 훈풍(薰風)에 휘감긴 양 은은한 기운으로 둘러싸여 있었다.

"제운종(梯雲縱)……?"

그것을 본 한 사람의 입에서 경악한 목소리가 튀어나왔다.

"무당제일신법이라 불리는 그것인가!"

마치 구름을 밟고 노니는 듯 유연한 움직임을 보이는 경신법. 그것이 바로 제운종이다.

가운악은 방금 그 묘리를 통해 날카롭게 치고 들어오던 맹화봉의 공격을 모두 피해낸 것이다.

그리고.

타앗!

가운악의 발이 땅을 밟는 것과 동시에 그는 미끄러지듯 빠르게 앞으로 쏘아져 나가고 있었다.

"흣!"

맹화봉의 손이 다시 한 번 빠르게 움직였다.

그의 손에서 펼쳐진 봉이 다가오는 가운악의 가슴을 꿰뚫기 위해 다시 쏘아져 나가려 하고 있었다.

그러나 그 다음에 일어난 일을 본 순간, 맹화봉의 눈은 격렬하게 일그러질 수밖에 없었다.

가운악의 손에 쥐어진 검이 회전한다. 그것은 이윽고 쏘아져 오는 봉의 궤도를 막아서며 그대로 충돌한 것이다.

맹화봉의 눈이 부릅떠졌다.

쏘아진 봉은 기괴한 각도로 뒤틀리며 동시에 허공으로 튕겨 나갔다.

"뭣……!"

그 순간 가운악의 칼날이 은광을 뿜었다.

촤아아악!

맹화봉의 어깨에서 가슴까지 길쭉한 검상이 새겨졌다.

가운악은 가차 없이 검을 내려치며 즉시 다른 발을 놀려 그의 품으로 다가서고 있었다.

가운악의 왼손이 휘둘러졌다.

꾸우웅!

내공이 실린 손은 맹화봉의 가슴을 그대로 내려치며 그를 날려 버렸고, 맹화봉은 봉을 놓치는 동시에 뒤로 튕겨 나가며 땅을 데굴데굴 구르고 있었다.

비명조차 지르지 못했다.

그저 입을 쩍 벌린 채 꿀럭꿀럭 솟구쳐 나오는 핏물을 뱉고 있을 뿐이었다.

"그만!"

마원의 소리가 뒤이었다.

경악에 웅성이는 군중들을 바라보며 그는 단호히 소리쳤다.

"무당의 가운악, 승!"

잠시 침묵이 이어진 뒤, 곧 환성이 비무대를 뒤흔들었다.

"강하다!"

"저것이 무당의 무공……!"

"소문으로만 듣던 태극검(太極劍)인가!"

상대방의 궤도를 어그러뜨리며 공격을 흘려버리는 기술, 무당의 무공으로 이름 높은 태극검의 묘리였다.

"대단하군."

운요 역시 솔직한 감상을 늘어놓았다.

가운악이 방금 보여준 한 수는 운요였어도 받아내기 어려웠을 것이다.

"무당의 무공은 정종(正宗)··· 그중에서도 무의 극의를 추구

한다고 하던데, 정말이었군요."

금하연은 정말 감탄한 표정을 짓고 있었다.

"저게 대단한 것이오? 그저… 흘려낸 게 아닌가?"

다만, 장처인은 전혀 모르겠다는 표정을 짓고 있을 뿐이었다.

금하연은 살짝 그에게 눈치를 주더니만 이내 조용히 설명을 이었다.

"저 소협의 검이 방금 공격을 흘려낸 뒤, 어떻게 움직이는지 보셨겠죠."

"보았소. 그대로 품으로 파고들기 편하게 움직였지."

"바로 그게 대단한 점이에요."

금하연은 내심 감탄했다. 자신의 문파에서도 가운악만 한 움직임을 보일 자는 아마 몇 없을 것이다.

"공방일체(攻防一體)."

운요는 나직이 중얼거렸다.

"그것이 무당의 검이오."

"그, 그런 거로군."

장처인은 자신 없는 목소리로 그리 중얼거렸다.

다들 알아본 것을 자신만 알아보지 못했다는 것에 자존심이 상했던 것이다.

"유, 유 소협은 어떻소? 저 검의 대단함을 알겠소?"

그러나 소하는 답을 하지 않았다. 그저 비무대를 내려가는 가운악의 뒷모습을 조용히 응시하고 있을 뿐이었다.

"어이구, 독하게도 쳤군."

검붉은 핏물이 꾸역꾸역 뿜어져 나오는 맹화봉의 모습.

가슴뼈가 몽땅 내려앉아 버렸으니 살아날 수 있을 리가 없었다.

"도사가 잔혹하구먼……."

"그런 성정이니 이런 곳에 나온 게 아니겠는가."

청아는 군중들이 수군대는 소리를 듣고 이를 꽉 악물었다. 마음 같아선 방금 그러한 말을 꺼낸 자들을 모조리 베어버리고만 싶었기 때문이다.

'사형이…….'

가운악은 유약한 성격이다.

무당산 내에서도 그것 때문에 많은 지탄을 받았었고, 무공을 익히더라도 그것을 절반밖에 사용할 수 없을 거라며 문원들의 비웃음을 사던 인물이었다.

사람을 죽이는 것이 두렵다?

처음 청아는 가운악이 그렇기에 손속을 아끼는 것이라 생각했다.

하지만 그것이 아니었다.

방금 전 가운악은 맹화봉을 기절시킬 수 있는 상황임에도 거침없이 손을 놀렸다. 단숨에 가슴을 부술 때에 그는 맹화봉의 생명이 꺼져가는 것을 느낄 수 있었으리라.

팔이 부르르 떨린다.

'이대로는 안 돼.'

그렇게 결정한 청아는 거칠게 걸음을 옮겼다.

시체를 옮기고 비무대에 새로운 자들이 올라서는 바로 지금만이 가운악을 붙잡아 그의 진의를 물어볼 기회였던 것이다.

하지만 그녀는 자기 자신의 문제를 익히 알고 있었다.

"이봐."

소하는 갑작스레 자신을 붙잡은 청아를 바라보았다.

그리고 청아는 옆쪽의 금하연과 장처인이 놀라는 것에도 아랑곳 않은 채 소하를 끌고 가기 시작했다.

처음에 소하가 저항할 줄 알았던 그녀는 의외로 그가 군말 없이 걸어가는 것에 슬쩍 인상을 찌푸렸다.

청아는 벽 쪽에 도달했을 때에야 말을 꺼냈다.

"네 신법이 필요해."

그녀의 수준으로는 지붕을 밟거나 할 때 소리가 나버린다. 지금 사람이 죽어나가고 있는 비무초친의 상황상, 함부로 행동했다가는 공격을 당할 가능성이 높았다.

"부탁이야."

청아의 눈은 절박했다.

잠시 생각에 빠졌던 소하는 이윽고 후우 하고 길게 한숨을 내쉬었다.

"좋아."

소하의 손이 청아의 팔과 허리를 휘감았다.

"숨 참아."

그와 동시에 소하는 아무도 보지 않는 그늘 쪽에서 빠른 속도로 나무를 향해 달리기 시작했다.

파파팟!

이파리를 가르는 소리, 그 순간 드넓은 하늘이 가까워지며 시야가 높아졌다.

순식간에 거송(巨松)의 끝에 도달한 소하는 이내 주변을 둘러보다 빠르게 발을 놀렸다.

'분명 뭔가 있어.'

소하 역시도 느끼고 있었다. 비무초친을 보고 있자니 계속해서 무언가가 뜨끔뜨끔 가슴속을 찔러왔던 것이다.

청아를 데리고 다시 한 번 세가 안으로 들어가는 김에 이전 제대로 끝맺지 못한 것들을 확인하고 싶었다.

'그 남자.'

소하는 자신이 만났던 자가 신비공자라고 불리는 단리우라는 사실을 알지 못했다.

하지만 그와 차를 마시며 이야기를 나눴을 때 느껴지던 그 감정들이 바로 이 위화감을 조성한다는 것을 깨달았다.

맹화봉의 핏물은 이미 다 치워진 뒤였다. 비무대에는 어느새 새로운 인물들이 오르고 있었다.

잠잠히 또 다른 살인을 준비하는 그 모습에, 군중들은 환호성을 보내고 있었다.

그것을 주시하던 소하는 이윽고 고개를 돌렸다. 관심이 또 다시 그리로 향한 틈을 타, 세가 안으로 다시금 잠입하는 것이다.

군중들이 지르는 환호성은 이윽고 열기로 승화되는 것만 같았다.

그것들은 꾸물꾸물 뭉쳐, 마치 시꺼먼 안개와도 같은 악의가 되어 떠오르고 있었다.

흉물스럽다.

소하는 빠르게 발을 놀려 백영세가의 전각 지붕에 올라앉았다.

그에게 꽉 안기다시피 한 청아 역시 긴장한 눈으로 아래를 쳐다보았다.

가운악의 모습이 점차 멀어지고 있었다.

* * *

"그게 무슨……."

제갈위의 인상이 일그러졌다. 갑작스레 나타난 단리우의 말은 쉽사리 이해하기 어려운 것이었다.

'비무초친은 미끼였다?'

그 생각이 가장 먼저 머리를 스치고 지나갔다. 실제로 비무초친이 진행되고 있음에도 백류영을 포함한 백영세가의 실세는 모습을 드러내지 않고 여기에 있다.

누구보다도 비무초친에 관여해 그들을 지켜봐야 하는 이들이 말이다.

단리우의 입가에 매혹적인 미소가 맺혔다.

"제갈 소협. 그대는 지금의 상황에 만족하시오?"

그는 저벅저벅 발걸음을 옮기며 서서히 제갈위가 앉은 쪽으로 걸어오고 있었다.

"시천월교와의 마지막 싸움에 참여한 이들은 모두 천회맹의 요직에서 밀려나 버렸지. 당연한 일이오. 위험을 감수했던 이들은 모두 아무런 힘을 지니지 못한 버려도 되는 '말'들이었으니까."

제갈위의 눈썹이 부르르 떨렸다. 하지만 반박할 수 없었다. 단리우의 말은 모두 사실이었기 때문이다.

훈도 대사의 부름으로 모였던 당시의 인물들은 모두 천회맹의 한직으로 임명되어 지방에서 움직이는 경우가 많았다.

그들이 자신의 공을 무기 삼아 천회맹의 세력을 흔들 가능성을 제거하려는 생각에서였다.

물론 그것을 추진한 건 전승자들을 이끌고 있는 곡원삭이었다.

"더군다나 최근 들어 전승자들의 분위기가 혼란스러워지자… 곡원삭이란 자는 그들의 고삐를 새로이 죄기 위해, 그대들의 힘을 서서히 빼앗을 준비를 하고 있더군. 아마 제갈 소협도 느끼고 있었을 것이오."

'그렇다.'

제갈위를 포함한 상관휘의 세력은 이번 묵궤의 탈취를 성공해 내지 못한 책임을 계속해서 짊어지고 있었다.

천회맹 내에서 그가 태만하게 일을 수행했다며 욕을 해대는 사람까지 있을 정도였다.

"내가 말하고 싶은 건 바로 그것이오."

단리우는 부채를 펼쳐 얼굴을 가렸다.

드러난 그의 두 눈은 이전 보였던 매혹적인 미소가 사라지자 마치 두 개의 별처럼 번쩍이는 광망을 내뿜고 있었다.

"언제까지 그대는 자신의 능력을 내보이지 못한 채로 살아갈 생각이오?"

"당신은 그 굴레를 부수는 게 가능하다고 말하는 것이오?"

제갈위의 입에서 드디어 목소리가 흘러나왔다. 그러자 단리우의 눈이 슬쩍 구부러졌다.

"적어도 지금의 천회맹에서 그대가 제 힘을 펼칠 일은 없다고 단언하겠소."

"천회맹은 강력한 곳이오."

제갈위는 백류영이 시종일관 여유로운 미소를 짓고 있는 것을 놓치지 않았다.

'역시, 백영세가는…….'

이전 그들의 회동이 시작된다고 했을 때, 천회맹의 다른 이들은 모두 백영세가의 자원을 얻기 위해 빠르게 움직였지만 제갈위만은 다른 생각을 했다.

어째서 굳이 지금 이러한 거대세가가 갑작스런 움직임을 보이는 것인가?

원래라면 부하를 보내 동향을 확인하는 것만으로 충분했지만, 제갈위는 그 속내를 알고 싶어 이리로 향했던 것이다.

"그것도 시간문제겠지. 천회맹은 그저 빈틈을 타 산을 차지한 여우에 불과하오."

"그 증거가 있소?"

단리우는 부채를 접었다. 딱 소리가 나도록 그것을 부딪친 뒤, 천천히 손을 내리고 있었다.

"새로이 백영세가의 힘이 될 자들을 보게 된다면, 아마 그대도 만족하게 될 것이오."

그리고 그는 손을 뻗는다.

제갈위의 눈이 일그러졌다. 그들이 노리는 것이 무엇인지 얼추 알 수 있었던 것이다.

"비무초친은……."

"우리가 가진 것들을 보여줄 수단에 불과하지."

그랬던 것인가! 제갈위는 속으로 신음을 내뱉었다. 이제야 왜 백영세가가 재출도를 선언했는지 알 수 있었던 것이다.

"그대의 힘 역시 우리 백영세가에 필요하오."

단리우는 손을 내밀며 웃었다.

"시대의 중심에 서보고 싶지 않소?"

*　　　*　　　*

청아는 전각의 지붕을 뛰어다니는 소하에게 붙잡힌 채 이리저리를 둘러보며 가운악의 흔적을 쫓고 있었다.

안쪽은 워낙 길이 복잡하게 전개되어 있어 가운악의 뒤를 쫓기가 버거웠다.

게다가 소하가 미묘하게 느리다. 아까 전과 같은 빠르기를 예상하고 그에게 부탁을 했건만, 생각만 못했던 것이다.

"왜 그러는 거야?"

청아의 물음에 소하는 우물쭈물 말을 내뱉었다.

"아니, 그게……."

소리 없이 지붕 하나에 내려앉으며 소하는 조용하게 중얼거렸다.

"여자애를 안고 뛰는 게 처음이라……."

"윽!"

청아의 눈이 일그러졌다.

소하는 소하 나름대로 곤란한 터였다.

청아가 차라리 남자였다면 몰라도 이제 생각해 보니 그녀는 여자다. 안고 있자니 알 수 없는 좋은 향기와 부드러움이 느껴졌던 것이다.

"이제 와서 무슨 그런 생각을!"

"쉿, 쉿!"

소하는 얼른 몸을 낮췄다. 자신들의 아래를 지나는 한 무인에게 들키지 않기 위해서다.

그는 위에서 들린 청아의 목소리에 순간 멈춰 서며 주변을 둘러보고 있었다.

저도 모르게 자신의 손으로 입을 꽉 막은 청아는 이내 불안한 눈으로 아래를 내려다보았다.

그러나 다행히 그 무인은 아무도 없다는 것을 확인한 뒤 다시 걸음을 옮기고 있었다.

주위를 살핀 뒤 다시 뛰어오른 소하는 다음 지붕에 안착하며 조심스럽게 속삭였다.

"큰 소리는 내지 마."

청아가 잔뜩 일그러진 눈을 하고 있었지만, 소하는 한숨을 내쉴 수밖에 없었다.

의식하지 않으려고 해도 어쩔 수 없는 게 있는 것이다.

"여자라는 건 진작 버렸어."

청아는 으득 이를 악물며 중얼거렸다.

그녀가 만약 자신을 바꿀 수 있다면, 가장 먼저 바꿀 것은 바로 여성성이었다.

"난 무인이야."

무당파에서 자라날 적, 그녀를 가장 괴롭혔던 건 바로 그녀가 여자라는 것이었다.

사람들은 단순히 여자라는 이유로 그녀가 약하다 여겼고 고된 훈련이나 무공의 수련에서 그녀를 제외하려 했다.

그럴 때마다 청아는 더욱 이를 악물고 검을 휘둘렀다. 약하게 보인다는 건, 결국 경쟁에서 밀려날 수밖에 없다는 의미이기 때문이다.

잠시 그녀를 보던 소하는 이내 한숨과 함께 고개를 끄덕였다.

"일단 저쪽으로 가자."

그는 청아를 붙잡는 것과 동시에 힘껏 지붕을 박찼다. 달그락거리는 소리와 함께 지붕이 순식간에 멀어져 가고 있었다.

'저곳이다.'

소하는 가운악의 뒷모습을 보았다.

그는 다른 무인들이 모여 있는 대기실로 들어가지 않았다. 더욱 안뜰로 향하며 점점 인기척이 없는 곳으로 향하고 있었던 것이다.

청아 역시 그것을 확인하고는 소하의 품에서 벗어났다.

"고마워."

잠시 뜸을 들이던 그녀는 이내 소하를 똑바로 바라보았다.

"하지만 쓸데없는 감상이야."

"…알겠어."

소하는 멋쩍게 뺨을 긁적였다. 사형을 찾기 위해 다급한 청아에게 있어 소하의 반응은 짜증만 불러일으킨 모양이었다.

청아가 사라지자 소하는 후우 하고 한숨을 내뱉었다.

'그럼.'

지붕에서 몸을 구부린 채 소하는 주변을 훑어보았다. 청아가 옆에 있어서 천양진기를 발동하지 않았지만, 이제는 편하게 안력을 돋울 수 있다.

그리고 소하의 눈에 거대한 전각이 들어왔다.

그곳에는 천천히 걸음을 옮기고 있는 제갈위와 그를 송별하는 두 명이 있었다.

단리우의 모습을 확인한 소하는 재빨리 그리로 발을 튕겼다.

사라져 간 청아가 조금 걱정되긴 했지만 지금은 일단 저쪽을 확인해 보고 싶었다.

그런데.

소하는 발을 튕기던 중 누군가의 시선을 느꼈다.

그것은 바로 아래, 아무 소리도 내지 않고 발을 옮기던 전각의 밑에 서 있는 자였다.

붉은 옷을 휘감은 자.

다져진 근육이 옷 아래로도 드러나 보였다. 그는 소하의 은밀한 경공을 알아채고 고개를 들어 그를 바라보고 있었던 것이다.

이내 소하의 표정이 굳어지는 것과 함께 그의 입가에 미소가 흘렀다.

"호오."

남자의 손이 허리에 매어진 곡도로 향했다. 그걸 본 순간 소하의 눈이 둥그렇게 커졌다.

"침입자라."

"윽……!"

소하는 저도 모르게 몸을 비틀었다.

대화로?

아니다. 불가능하다.

제압해야 하는가?

그러나 소하는 그의 온몸에서 뿜어져 나오는 경력을 느낄 수 있었다.

결국 빠르게 판단을 마친 소하는 굉명의 자루를 붙잡았다.

"좋군!"

그 남자는 입가에 씨익 미소를 지으며 그대로 소하에게로 달려들었다.

벽을 박참과 동시에 그의 몸이 이리저리로 꺾이며 솟구치고 있었다.

칼날이 달려든다.

꽈과과광!

굉명과 그의 도가 충돌하며 어마어마한 소리가 주변을 뒤흔들고 있었다.

*　　　*　　　*

가운악은 구토했다.

몇 번이고 손가락을 목에 집어넣어서까지 속에 있는 모든 것을 게워내었다.

살인은 처음이었다.

눈물이 일고, 코에서는 시큼한 냄새가 감돌았다. 그러나 몇 번을 토한다 해도 이 기분 나쁜 느낌은 영영 지워지지 않을 것만 같았다.

무공은 상대를 죽이는 것을 전제로 한다.

무당의 검 역시 도가 계열의 무공이었기에 그 정도가 덜하지만 결국 상대의 저항이 거셀 경우 그를 죽이는 것을 목표로 초식을 구성해 두었다.

뼈를 부수고 내장을 터뜨릴 때, 가운악은 자신의 손에 전해지던 그 불쾌함을 도저히 떨칠 수가 없었다.

침이 입에서 줄줄 흘러내린다. 그는 거칠게 숨을 내뱉으며 고개를 마구 휘저었다.

그러나 해야만 한다.

그는 거기까지 생각이 미치자 옆에 놓인 바가지를 들어 물을 들이켰다. 어떻게든 정신을 차려 다시 비무대에 나서야 했기 때문이다.

"사형."

하지만 그 목소리가 들릴 줄이야.

가운악의 눈이 다급하게 옆으로 향했다.

거기에는 당황한 표정으로 서 있는 청아가 있었다.

"어떻게 여기로 왔느냐."

가운악의 목소리는 음산했다. 그러나 청아의 눈은 바닥에 쏟아진 토사물과 그에 괴로워하고 있는 가운악의 모습을 똑똑히 기억하고 있었다.

"사형… 대체 왜 그러셨습니까."

"……."

가운악은 물로 입을 헹구어 뱉은 뒤 고개를 돌렸다.

"가라. 네가 있을 곳이 아니니다."

"사람을 죽이다니요."

가운악의 눈이 떨렸다.

청아 역시 그가 이제까지 단 한 번도 사람에게 해를 끼친 적이 없다는 사실을 알고 있기 때문이었다.

"사형은 그런 사람이……."

"네가 나에 대해 무엇을 아느냐!"

쩌렁쩌렁한 고함이 주변을 뒤흔들었다.

놀란 청아가 흠칫 하며 물러서는 순간 가운악은 전신에서 날카로운 기운을 뿜어내었다.

아까 전까지 마치 훈풍과도 같은 부드러움을 흘려내던 것과는 천지차이였다.

"이제껏 너의 뒤처리만을 해왔다."

마치 저릿한 가시에 찔린 것만 같았다.

청아는 가운악의 목소리에 절절히 어린 감정을 느끼고는 저도 모르게 한 발짝을 물러섰다.

"내가 아니라 네가 검로를 물려받았을 때도… 그저 인내했다. 그것이 나에게 올 것이 아니라고, 그저 내 수련이 모자랐을 뿐이라고 만족하려 했다."

가운악은 이를 악물었다.

그의 두 눈에서는 분노가 번쩍이고 있었다.

"그런 내가 진정으로 내 길을 찾으려는 것이 잘못이더냐?"

"사… 형."

청아는 말을 이을 수 없었다.

가슴이 꽉 막힌 듯 아프고 목구멍은 숨을 쉴 수 없을 정도로 좁아지고 있는 것만 같았다.

"너도 이제 지긋지긋하다."

가운악은 자신의 손을 뻗어 가슴에 새겨진 수실을 잡아 뜯었다.

무당을 뜻하는 자수, 그것을 뜯어버린다는 건 가운악이 진심으로 무당파를 저버리겠다는 것과 동일했다.

"사형!"

청아의 고함이 들렸지만 그는 멈추지 않았다.

수실을 뜯어내며 가운악은 마주 소리를 질렀다.

"머리가 굳어버린, 노쇠한 늙은이들이 제멋대로 구는 것을 더 이상은 견딜 수 없다는 말이다!"

그는 이후, 자신의 허리에 걸린 칼자루를 움켜쥐었다.

"너까지 나를 막을 셈이라면……!"

떨린다.

청아는 온몸에 소름이 돋는 것을 느꼈다.

"갑자기… 대체… 왜 이러시는 겁니까……."

청아의 눈가가 서서히 젖어들고 있었다. 너무나 갑작스런 가운악의 변화를 받아들이기 어려웠다.

"무당산에서 연락이 왔다."

가운악의 목소리에는 희미한 비웃음이 번져 있었다.

"나보고 비무초친에 참여하라더구나."

"예……?"

머리가 멍해졌다. 무당파에서 왜 가운악에게 그것을 종용한다는 말인가?

"뻔하지 않느냐? 무당파도 백영세가의 수혜(受惠)를 원하나, 그 잘난 체면을 세우기 위해 날 내버리겠다는 것이지."

웃음을 뱉은 가운악은 이윽고 고개를 저었다.

"지게 되면 나는 파문당해 버려지고, 무당의 무공마저 빼앗겨 병신이 되겠지."

그렇다. 만약 가운악이 이 비무초친에서 패배한다면 무당파는 그를 받아들이지 않을 것이다.

필요하다면 그의 손목을 자르거나 해 무공을 앗아가 버릴지도 모른다.

"나는 그럴 생각이 없다."

가운악은 칼자루에서 손을 놓으며 몸을 돌렸다.

"이겨서 백영세가의 빈객이 될 것이다."

"장로님들이… 그런 생각을 할 리가!"

청아는 윽 하는 신음을 뱉었다. 하지만 그들의 차별이 청아에게 어떤 식으로 가해졌는지 잘 알고 있었다.

여자는 약하다.

그렇기에 장로들은 그녀에게 무당의 무공을 전수하되, 그 중대한 핵심까지는 닿지 못하게 하려 했다.

그러나 청아가 젊은 나이에 놀라운 성취를 보이는 것으로 그 논란을 잠재웠고 그녀는 마침내 마지막으로 봉인되어 있던 절학을 배울 수 있었다.

하지만 그때 연배가 비슷한 자들의 시기 어린 눈빛을 기억한다.

"너는 모른다!"

가운악은 거칠게 고함지르며 땅을 발로 내리밟았다.

"선택받았다는 게 어떠한 일인지 그 무게가 어떤 것인지 모른단 말이다."

침묵만이 흘렀다.

"돌아가라."

가운악은 조용히 그리 말했다.

"그리고 무당산으로 가라."

"사형을 두고 어찌……."

"아직 모르겠느냐!"

가운악은 돌아보지 않았다.

청아의 두 눈에 눈물이 그렁그렁 맺히고 목소리마저 잦아들고 있음을 알기 때문이었다.

"나는 이제… 네 사형이 아니다."

그것에 청아는 더 이상 말을 이을 수 없었다.

그저 코를 훌쩍이며 덜덜 떨리는 손으로 겨우 포권을 할 뿐이었다.

"보중(保重)… 하십시오."

겨우겨우 목소리를 짜내서 할 수 있는 말은 그게 전부였다.

마침내 청아가 돌아서 터벅터벅 걸음을 옮길 적, 가운악은 씁쓸한 숨을 뱉었다.

그는 팔을 들어 눈을 가렸다.

마치, 누군가 자신을 훔쳐보고 있다는 듯이 말이다.

사방은 고요했다.

* * *

"대단하군."

카앙! 카앙!

두 개의 도가 부딪칠 때마다 굉음이 쏟아져 나왔다.

눈이 시릴 듯한 불똥까지 함께하니 소하는 마치 번쩍이는 불꽃이 눈앞에 일렁이는 것만 같았다.

곡도가 허공을 긋는다.

남자는 소하를 몇 번이고 맞췄다 생각했지만 소하는 귀신 같은 보법으로 계속해서 공격을 피해내고 있는 터였다.

"주변을 내공으로 덮어 소리를 죽였는가."

남자는 한 걸음을 물러서며 고개를 까닥였다.

자신의 손목이 부르르 떨릴 정도의 진동이 전해져 오고 있었다.

소하가 든 무기 광명과 부딪쳐서였다.

"그럼에도 나와 싸운다. 더군다나……."

그의 입가에 싸늘한 미소가 맺혔다.

"이전과는 달리 훌륭한 무기도 얻었군."

"역시."

소하는 후우 하고 숨을 뱉으며 손목을 한 바퀴 돌렸다. 그가 들고 있는 곡도 그리고 덤벼드는 칼날의 궤적은 분명 눈에 익은 것이었다.

"이전 보았던, 백면이라는 자들이군."

"정확히 말하자면 홍귀(紅鬼)가 내 이름이다."

붉은 귀신.

소하는 눈살을 찌푸렸다.

왜 백면이라는 조직에 있던 자가 여기에 서 있는지는 알 수는 없지만, 일단 그와 만난 이상 원하는 대로 일이 굴러갈 것 같지는 않았다.

"훌륭하다."

홍귀는 솔직하게 인정했다.

"넌 누구지? 이 무림에서 이름이 알려지지 않은 강한 자들은 드물다. 우리 백면을 제외한다면……."

그는 곡도를 든 손을 크게 풀며 소하를 바라보고 있었다.

두 눈에 어린 것은 투지(鬪志).

그는 소하와 진심으로 싸우고 싶어하는 기세가 등등해 보였다.

"네가 끼어든 탓에 우리 쪽은 꽤나 많은 손해를 봐야만 했다."

홍귀의 목소리가 살기로 음산하게 젖어들었다.

"열이 넘는 목숨을 잃었지."

"당신이 죽인 것만 해도 열은 넘을 텐데."

그러나 소하는 그 기운에 눌리지 않았다. 오히려 어이없다는 듯 그를 빤히 바라보고 있을 뿐이었다.

"다른 사람의 목숨은 소중하지 않다는 건가?"

"약한 버러지들에 대해서 내가 신경 써야만 할까?"

홍귀는 파르라니 자란 수염을 쓰다듬었다.

이전에는 가면에 가려져서 보지 못했지만, 여러 번 무너지고 다시 붙은 듯 구불구불한 콧대, 그리고 칼로 벤 듯한 상처가 이마에서 눈 아래까지 이어져 있었다.

소하의 눈이 일그러졌다.

"왜 그런 짓을……."

"어리숙한 놈이로군. 강한 무공에 걸맞지 않아."

홍귀는 고개를 옆으로 기울이며 씩 웃음을 지었다.

"사람을 죽이는 힘을 가지고 있으면 싫어도 가치 있는 목숨과 가치 없는 목숨들이 구분되게 마련이다."

그의 곡도가 천천히 소하에게로 겨눠졌다.

"그러니 이제 네게 혈채(血債)를 받아야겠다."

소하의 눈 역시 서서히 싸늘해지고 있었다.

굉명에서 은은한 소리가 울리기 시작했다. 소하의 내공에 반응해 홍귀를 베어내기 위함이다.

"무공이란 무엇이라고 생각하느냐?"

그 순간, 현 노인의 목소리가 들렸다.

"이런."

순간 소하와 홍귀의 눈이 뒤쪽으로 향했다.

어느새 그들이 있는 쪽으로 누군가가 다가왔던 것이다.

그곳에는 부채를 든 단리우의 모습이 있었다.

"예상한 것과는 많이 다르군."

홍귀는 곡도를 허리에 걸치며 중얼거렸다.

"저 녀석이 하도 맛있게 보여서 그만 눈치를 채지 못했습니다."

소하 역시 마찬가지였다. 홍귀와의 싸움을 피할 수 없을 거라 느끼자 전신의 감각을 모조리 그에게로 집중했던 것이다.

"이런 곳에서의 싸움은 허락하지 않았네."

"실수했군요."

홍귀는 픽 웃음을 지으며 허리춤으로 집어넣은 곡도의 자루를 두들겼다.

"넌 비무에 참석하지 않았었나… 아쉽군."

소하의 얼굴이 비무초친의 명단에 없었기에 그는 솔직히 그리 말하며 몸을 돌렸다.

손을 흔들며 멀어지는 그의 모습. 소하는 그걸 가만히 바라보다 이윽고 단리우에게로 눈을 돌렸다.

"다시 보는군. 백영세가의 감시도 제법 약해진 모양이야. 아니면……."

그는 부채를 접으며 웃었다.

"자네가 그들보다 훨씬 강하다던가."

그는 만족스런 미소를 지으며 소하에게 물었다.

"왜 이곳에 온 건가?"

"당신이 이 일들을 주도한 건가요?"

소하의 질문은 솔직했다.

"그게 무엇을 의미하는지는 잘 모르겠지만……."

단리우는 천천히 눈을 돌려 뒤쪽을 바라보았다. 그쪽에서는 또다시 일어난 싸움에 사람들이 환호를 지르고 있었다.

"적어도 백영세가가 이 정체된 무림에 많은 변화를 몰고 올 것이라는 건 확실하네."

소하는 대답하지 않았다. 단리우의 눈이 슬쩍 반월 모양으로 휘어지고 있었다.

"나는 그저 사람의 가치를 판단하지."

그의 손이 소하에게로 향했다.

"자네는 거목(巨木)이 될 가능성이 보이는군. 하지만… 그 힘을 쉽사리 사용하려 하지 않아."

단리우는 고개를 까닥였다.

"그 때문에 내공을 헛되이 소모하는 한이 있더라도 싸우는 소리를 죽이려 애썼지. 그 칼날이… 애먼 생명에게 향하지 않게 하기 위해서."

박수 소리가 울렸다.

"훌륭해."

그는 박수를 치며 소하를 칭찬하고 있었다.

"자네는 진정 선인(善人)이로군."

단리우는 자신에게 싸울 마음이 없다는 것을 증명이라도 하듯, 손을 들어 올려 흔들어 보였다.

"그렇기에 나는 자네가 마음에 드네. 자네가 나와 함께 한다면… 이 그릇된 무림을 올바른 길로 인도할 수 있어. 어쩌면 이 비무초친처럼 비참한 방식으로 사람을 얻어야 하는 일도 사라질지도 모르지."

그래야만 할 것이다.

단리우는 내심 한숨을 내뱉었다.

"모든 것은 결국 사람을 위해서가 아니던가."

이제 일은 아주 간단하다.

그는 소하가 자신의 내공을 소모해 소리를 죽이는 것으로 그의 성정을 깨달았다.

홍귀라는 고수를 눈앞에 두고 귀찮게 그러한 짓까지 할 정도라면 마음이 연약하거나 진정으로 누군가를 말려들게 하기 싫었기 때문이라 봐야 할 것이다.

그런 이들에게 가장 잘 통하는 미끼는 바로 '선(善)'이라는 단어다.

당금 무림에서 '의'나 '협'이라는 단어는 이제 아무렇지도 않게 혓바닥에 굴러다니는 감언일 뿐이다. 그런 말로 포장해 주면 이들은 그것에 빙긋 웃는다.

자신을 알아주는 이를 드디어 찾았다며 속으로 기뻐하는 것이다.

'결국 모두가 그렇지.'

단리우는 아까 전 자신에게 고개를 숙이던 제갈위를 보았다. 그들 모두가 자신은 훌륭하다 여긴다.

그러나 속으로는 치밀한 계산이 함께할 수밖에 없다.

제갈위 역시 단리우와 함께 하는 것과 천회맹에 충성하는 것을 속으로 재본 결과 답을 내놓았을 뿐이다.

결국 모두 겉치레인 것이다.

단리우는 그렇기에 소하에게 이런 말을 건네, 그가 거절하더라도 자신에게 호의를 보이리라 예상했다.

"왜 그런 말을 하지?"

단리우의 눈이 슬쩍 일그러졌다.

"무슨……."

"마음에도 없는 소리를 하고 있으면서."

그 말에 단리우는 입을 꾹 다물었다.

생각하지 못한 답이 흘러나온 탓이다.

"내가 자네에게 거짓을 말하고 있다?"

"아마도."

단리우는 훗 소리를 내며 고개를 저었다.

"아직 어리군. 아니, 많은 경험을 하지 못한 것이겠지."

"비무를 벌여서 사람이 죽도록 놔둬놓고 사람을 위한다?"

소하는 홍귀를 포함해 그들이 말하는 방식이 마음에 들지 않았다.

"거짓말이지."

"허어."

단리우는 한숨을 길게 내뱉었다. 소하의 말이 뜻하는 바가 무엇인지 이해했기 때문이다.

"단순히 실리(實利)를 추구했을 뿐이네. 그들 역시 스스로 죽기를 받아들이면서도 비무에 참가했지 않는가?"

그 순간.

단리우의 발이 땅을 박찼다.

콰아아아앗!

그의 몸이 놀라운 속도로 멀어져 갔다.

그가 익힌 무공은 평범한 것이 아니다. 그러나 열 걸음이나 떨어진 뒤에야 단리우는 자신의 등에 식은땀이 맺혔다는 것을 깨달았다.

'뭐지?'

눈앞에는 굉명의 도첨(刀尖)이 있었다.

소하는 어느 순간 굉명을 그에게 겨누었던 것이다.

"당신은 그냥 자기가 하고 싶은 대로 하려는 것뿐이잖아."

소하는 온몸에서 은은한 천양진기의 기운을 뿜어내고 있었다.

'저런 어린 자가… 이러한 기도를!'

마치 수백 개의 칼날이 자신의 몸을 겨눈 것만 같았다. 아니었다면 이렇게 무공을 써서 긴급히 움직이지 못했으리라.

"나를 죽이기라도 하겠다는 건가?"

그러나 소하는 칼을 내렸다.

"아니."

단리우는 슬쩍 눈살을 찌푸렸다.

소하의 온몸에서 일순간 뻗어 나왔던 기운들이 일제히 갈무리되고 있었다.

"단지 당신의 말에 찬성할 수 없을 뿐이야."

칼을 내리며 돌아서는 모습에 단리우는 헛웃음을 흘렸다.

"그런 무공을 가졌으면서 말인가."

사람을 죽이는 힘.

그것이 바로 무공이다.

"자네 역시 스스로가 모순됨을 알고 있을 텐데."

"무공이란 건……."

소하는 뒤쪽에서 달려오고 있는 청아의 모습을 보았다. 그녀는 눈물이 잔뜩 어린 채로 비틀거리며 다가서고 있었다.

"그렇게 단순한 것이 아니야."

그 말과 함께 소하는 단리우에게서 완전히 관심을 끊으며 걸음을 옮겼다. 그리고 그는 청아에게로 다가가 그녀를 부축하고 있었다.

멀어진다.

단리우는 멍하니 서 있다 이내 부채를 꽉 움켜쥐었다.

'나를 무시했다?'

소하는 그에게 이후 아무런 관심이 없었다.

그저 그냥 청아와 함께 사라져 갈 뿐이다.

“일영.”

“명을 받듭니다.”

그 목소리에 어둠 속에서 남자가 모습을 드러냈다.

“저들은 누구지?”

“저자에 대해서도 알아보았습니다. 굉명지주(轟鳴之主)로 불리고 있더군요.”

굉명의 주인.

굉령도 초량을 격파한 소하는 그러한 이름으로 천천히 유명해지고 있는 모양이었다.

“다른 하나는…….”

일영의 목소리가 잦아들었다.

“갑작스레 참가한 무당파의 인물과 사제 관계인 것 같았습니다.”

“무당?”

그는 눈살을 찌푸렸다.

굉명을 가진 자가 무당의 인물과 함께하고 있다? 이해할 수 없는 광경이었다.

“조금 더 파내봐라. 분명 무언가가 있다.”

“예.”

일영은 그와 동시에 허공을 뛰어 사라져 갔다.

단리우는 홀로 남게 되자 뿌드득 이를 악물었다.

고운 얼굴에 감정이 어리자 급격하게 일그러지고 있는 모습이었다.

"불쾌하군."

그는 조용히 소하가 사라져 간 곳을 노려보며 그리 중얼거렸다.

第四章 화마

"커, 으윽……!"

신음이 들렸다.

하얀 비무대 위에 붉은 핏물이 뚝뚝 떨어져 내렸고, 군중들은 모두 숨을 죽인 채 그 광경을 지켜보고 있었다.

호연작은 조용히 창을 치켜든 채로 말을 이었다.

"끝났소."

그러자 마원은 침을 꿀꺽 삼켰다. 호연작의 일격이 이끌어낸 결과가 생각보다 잔혹했기 때문이다.

상대는 단숨에 목을 꿰뚫려 커다란 구멍이 난 채로 비틀거리며 숨을 토해내고 있었다.

하지만 그것도 잠깐이다.

그는 이내 눈이 뒤집히며 뜨거운 핏물을 쏟아낸 채로 비무대에 엎어져 버렸다.

"강하다."

"과연 만련창……!"

스물넷이 참가했던 비무의 마지막 시합. 호연작은 창대를 툭툭 두드리더니만, 이내 꿈틀대던 남자가 숨을 멈추자 조용히 말을 이었다.

"차후 싸우게 될 이들에게도 전해두겠소만."

그는 조용히 눈살을 찌푸리며 말을 이었다.

"수련의 길은 장구(長久)하오. 섣부른 판단으로 여기서 목숨을 잃는 일을 추천하고 싶지 않군."

남은 열두 명에게도 만약 자신이 없다면 기권하라 권유하는 말이었다.

실제로 만련창의 일격을 제대로 보지도 못한 이 하나는 두려운 표정을 지은 채 몸을 덜덜 떨고 있었다.

호연작은 이내 꾸벅 고개를 숙이더니만 비무대에서 내려갔다. 곧 백영세가의 사람들이 비무대에 엎어져 있는 시체를 치우기 위해 달려 나왔고 마원은 큰 소리로 오늘 비무의 끝을 알렸다.

"오늘은 여기까지요! 명일(明日) 묘시에 다시 시작하도록 하겠소!"

종소리가 크게 울렸다. 비무의 끝을 알리는 것이다. 자그마치 네 시진이 흘렀지만 사람들은 그만큼의 시간이 흘렀다는 것마저 제대로 눈치채지 못할 정도로 흥분해 있었다.

"과연 무림칠객이로군! 결국 우승은 만련창이나 뇌령부가 할 것 같아."

"아니, 금강수도 무시해서는 곤란하지! 결국 그 셋 중에 하나가 아니겠는가!"

아무리 고수들이 많다 해도 그중 절정에 이른 이들이 나눠지게 마련이다. 남은 열둘 중 특출하게 뛰어난 이는 바로 그 셋이었다.

"그런데 처음 보는 자들이 있더군."

"음. 확실히… 무림은 넓다는 것이겠지."

기대를 받으며 출전한 이들 중 몇 명은 이름조차 알려지지 않은 이에게 패했다. 특히 홍귀라는 자가 휘두르는 도는 섬뜩하게 호북 지방의 명문가의 자제를 반쪽으로 나눠 버리는 것으로 그 힘을 증명했던 것이다.

소하는 그 대화를 듣던 중 후우 하고 한숨을 내뱉었다.

"확실하던데."

운요 역시 소하의 말을 전해 듣고는 홍귀의 싸움을 눈여겨보았다. 그리고 그 역시 이전 가면을 쓴 채 싸웠던 남자가 바로 홍귀라는 것을 알 수 있었다.

"백면이라는 놈들이 왜 여기 나타난 건지."

하지만 운요나 소하나 그들과 직접적인 연관은 되어 있지 않았기에 굳이 깊게 생각할 필요는 없다고 느꼈다.

"참 여러모로 관심이 쏠리는 행사로구만."

운요는 투덜거리며 고개를 돌렸다.

"이제 어쩔 거냐."

소하가 유원을 신경 쓰고 있다는 것은 알고 있다. 하지만 현실적으로 그가 백영세가에 어찌 손을 댈 방법은 존재하지 않았다.

만약 억지로라도 뚫고 들어가 유원을 데리고 나온다면, 그 즉시 소하는 백영세가를 포함해 그들의 지원을 받는 모든 무인의 적이 될 것이리라.

"잘 모르겠어요."

소하는 그리 말하며 웃어 보일 뿐이었다. 굳이 남아서 지켜봐야만 하는 것일까? 여러 생각들이 뭉게뭉게 피어나고 있었다.

"그래도 다른 사람의 싸움을 보는 건 공부가 되네요."

"비무는 그래서 인기가 많지."

소하는 돌아온 이후 계속해서 비무를 관찰했다. 여러 명의 무인, 특히 만련창이나 뇌령부, 금강수의 싸움은 소하에게 있어 대단한 도움이 되었다.

천하오절의 네 명에게만 배워왔던 소하에게 있어 다른 이의 공격 방식이나 독특한 반응은 큰 참고가 되기 때문이다.

"그 만련창이란 사람도 대단하던데……."

"내공이란 다루기에 따라 전혀 다른 모습이 되니까."

운요는 턱을 문지르며 중얼거렸다.

"아까 그자가 내쏜 찌르기는 봤었지?"

"네."

소하의 안력은 그 재빠른 움직임도 놓치지 않았다.

"내공을 한 점에 집중시킨 거야. 원래라면 맞는 순간 목 위가 날아갔어도 이상하지 않지. 아마 보는 사람들을 위해 배려한 걸 거다."

내공이란 상식을 초월한 힘이다. 실제로 소하는 주먹으로 바위를 때려 부술 수 있었고, 도를 휘두르는 것만으로 두터운 철판도 자를 수 있었다.

만약 그것을 사람에게 사용한다면?

당연히 참혹한 결과가 뒤이을 게 분명했다. 가운악의 주먹 일격에 맹화봉의 가슴뼈가 다 내려앉았던 것 역시 내공이 있었기 때문이었다.

"게다가 지금은 실력을 숨기려 하니… 제대로 본심을 드러내지 않았을 테고."

"형도 그랬나요?"

소하의 물음에 운요는 고개를 휙 돌렸다. 여전히 선이 고운 얼굴, 지나가던 여인들이 얼굴을 붉히며 한 번씩 훔쳐볼 정도였다.

그는 빙긋 웃었다.

"당연하지. 그리고……."

그는 허공을 올려다보았다. 어느새 노을이 지며 밤이 찾아오고 있었다.

"내공을 남용하는 자는 야수(野獸)와 다를 바가 없어."

사람을 산산조각으로 만들 수 있는 힘을 지녔다고 해서 백주대낮에 길거리를 쏘다니며 그러한 일을 자행할 수는 없다. 그것이 인륜(人倫)이기 때문이다.

"무공이 강하면 강할수록, 쓰는 놈을 시험하게 되는 법이지."

척 노인은 그리 말했다. 그리고 소하에게 진짜 힘을 가지려는 자가 나아가야 하는 길은 험난할 것이라고 경고했었다.

소하는 조용히 주먹을 쥐어보았다.

만약 자신이 네 노인을 만나지 않았다면 힘에 취해 제멋대로 주먹을 휘두르며 주변인들에게 폭력을 행사했을 가능성도 있었다.

"그러니 조심해 둬라."

운요는 픽 웃으며 그리 중얼거렸다.

"너도 서서히 유명해질 테니까."

이미 소하의 이름은 광명지주라는 무명으로 전해지고 있었다. 용모파기가 알려지지 않아 다른 이들이 알아보지 못할 뿐이다.

그리고 돌아가던 길 소하는 객잔 앞에 서 있는 청아를 보았다.

그녀는 마치 그들을 기다렸던 듯 조용히 이쪽을 바라보고 있었다.

"떠날 셈인가?"

운요의 물음에 청아는 흠칫 몸을 떨었다.

"내일… 아침."

"결국 그렇게 되었군."

가운악의 갑작스런 참가에 그녀 역시 크게 상심했으리라.

운요는 고개를 끄덕이며 객잔 안으로 향했다.

"그럼 괜찮다면 저녁이나 함께하지."

잠시 망설이는 기색이었지만 청아는 고개를 끄덕였다. 마침 객잔은 점소이와 숙수를 제외하고는 모두 비어 있는 상황이었다.

"아무도 없나?"

"마침 오늘 다 나가셔서……."

뜻하지 않게 자신들이 전세 낸 것이나 마찬가지가 되었다. 운요는 고개를 끄덕이며 청아와 소하를 돌아보았다.

"그럼 오늘은 맛있게 먹자구. 만난 것도 다 인연이야."

"감사합니다."

청아의 목소리에 운요는 씩 웃어주고는 몸을 돌렸다.

"그럼 술이지. 점소이! 여기 있는 술을 몽땅 꺼내와 주게나!"

"괜찮겠어?"

소하는 운요의 뒷모습을 바라보다 청아에게 물었다. 그녀가 이렇게 빨리 떠나려 할 줄은 몰랐기 때문이다.

"사형의 일에 내가 더 이상… 끼어들 수는 없어."

금방이라도 눈물을 쏟을 것만 같았다. 청아는 고개를 저으며 말을 이었다.

"내가 떠나야겠지."

무당파로 돌아가야만 한다. 가운악이 그러한 명령을 받았다면 청아는 돌아가 그 소식을 전하는 게 옳았다.

"장로님들께 여쭤봐야 할 것도 있으니."

어째서 가운악에게 그러한 명령을 내린 것인지. 그것을 알고 싶었다.

소하는 고개를 끄덕였다. 그녀가 느꼈을 그 안타까움을 쉽사리 이해할 수는 없었기 때문이다.

청아는 몸을 돌려 객잔 안으로 들어섰다.

"네게는 감사하고 있어."

소하는 이내 고개를 돌려 백영세가 쪽을 바라보았다. 횃불을 거는 사람들의 모습이 보인다.

대로를 채우는 횃불만이 이제 막 어둠에 잠기기 시작한 거리를 밝히고 있었다.

잠시 고민하던 그는 이내 청아를 따라 객잔 안으로 들어섰다.

*　　　*　　　*

"겁에 질려 기권한 자가 셋."

백영세가의 밤은 고요하다.

대부분 자신의 집으로 돌아가거나 따로 마련된 전각에서 묵고 있었고, 시비들 역시 비무초친이 진행될 때에는 물려놓았기에 걸음소리마저 귀에 선명히 들어올 정도였다.

"의외로 무른 자들이 많군."

뇌령부는 큭큭 웃음을 토하며 잔에 술을 채웠다.

"죽을까 봐 겁을 먹고 무인의 명예도 내버린 채 줄행랑을 쳤다라……."

그는 술을 들이켜며 고개를 저었다.

"어리석은 좀팽이들."

"그들은 가능성을 선택한 것이오."

호연작은 나직이 중얼거렸다. 그 역시 술잔 하나를 자신의 앞에 놔둔 채였다.

"여기서 끝나고 싶지 않았던 것이겠지."

"거만한 소리를 하는군."

뇌령부는 눈썹을 씰룩였다.

"죽고 싶지 않으면 꺼지라는 말을 고상하게도 했어."

호연작은 아무 말도 하지 않았다. 남은 자들은 총 아홉. 그러나 백류영의 호출로 모인 자들은 여섯이었다.

"셋이나 딴 짓을 하고 있군."

모두가 무림에서 유명한 고수들이다. 하물며 금강수조차 나오지 않은 것에 뇌령부는 영 질렸다는 표정을 짓고 있었다.

"무당파의 아이도 그리 생각하지 않는가?"

뇌령부는 고개를 돌렸다. 그러나 구석진 벽에 기대어 있던 가운악은 조용히 허공만을 노려보고 있을 뿐이었다.

"쯧, 재미없는 놈들만 가득하군."

"그만하시오."

호연작은 뇌령부의 잔에 술을 따라주며 중얼거렸다.

"다들 각자의 생각이 있을 것이오."

"하여간."

그는 툴툴거리며 잔을 들이켰다.

"어차피 오늘이 지나면 하나 빼곤 결국 다 죽거나 병신이 될 몸들 아닌가. 재미있게 지내야지."

그렇다. 비무초친에 최종적으로 남은 이 아홉 명은 이제 서로가 서로를 죽일 각오로 싸울 마음을 먹고 있었다.

남은 하나만이 백영세가의 빈객이 되는 영예를 차지하기 때문이다.

"에이, 고지식한 놈이랑 먹으니 술맛이 안 나는군."

뇌령부가 큰 소리를 내며 자리에서 일어서자 호연작은 헛웃음을 흘렸다.

"들어가 볼 참이오? 세가주가 소집한 것이오만."

"아니, 금강수 놈을 끌어올 참이다."

뇌령부는 그리 투덜대며 문을 열고 어두운 복도를 향해 걷기 시작했다.

가운악을 포함한 다른 이들은 그러한 뇌령부의 뒷모습에 잠시 시선을 두다, 이윽고 다시 고개를 내릴 뿐이었다.

"멍청한 놈들."

뇌령부는 밖으로 나서서도 투덜거림을 멈추지 않았다.

오늘 비무에서도 덤벼드는 놈의 머리를 도끼로 내려쳐 나눠 버리긴 했지만 그는 여전히 싸우고 싶은 마음이 그득했다.

'한 놈이나 두 놈으로는 족하지 않지.'

시천월교의 지배 당시에는 사람을 아무리 죽여도 그를 벌할 규율이 없었지만, 그들이 몰락한 뒤에는 각종 세력들이 새로이 나타나 규율을 정립하기 시작했다.

이전 무림맹에게 공적으로 몰려 쫓기기도 했던 뇌령부인지라 지금의 이 상황이 매우 마음에 들지 않았다.

"역시 마음에 드는 건… 같은 부류뿐이지."

금강수는 사람을 하도 죽여대, 주변 사람들이 보기만 해도 도망칠 정도의 악명을 지닌 인물이다.

그 역시 시천월교의 지배 당시에는 은둔해 있다 그 이후 다시 나타나 가진 힘을 통해 많은 이의 묵인을 받은 처지였다.

어차피 내일이면 금강수와 뇌령부는 서로 죽고 죽일 상황이다. 그럴수록 오늘만큼은 더욱 친밀하게 있어야 하는 게 아니겠는가. 뇌령부는 그게 불만이었다.

"어이."

그는 미닫이문을 두들겨 보았지만 창호지로 가려진 문 안에서는 아무 소리도 들리지 않았다.

술에 취하자 속에서 술내가 올라온다. 뇌령부는 후우 하고 숨을 뱉으며 문을 열었다.

"잠이나 자지 말고 같이 밤새서 술이나……."

그 순간.

뇌령부의 눈이 동그랗게 커졌다.

그 안에는 금강수가 있었다.

그의 팔다리가 구겨져 있다.

마치 거대한 철탑에 부딪치기라도 한 듯, 오른팔은 꺾어져 뼈가 튀어나와 있었으며 왼팔은 다 으깨져 사방으로 핏물과 살점을 흩뿌린 상태였다.

목이 부러져 등으로 꺾여 있다.

쩍 벌린 입, 그리고 미처 감지도 못한 눈은 그가 얼마나 큰 고통을 느꼈을 지에 대해 말해주고 있었다.

"이건……!"

뇌령부는 자기도 모르게 온몸에 내공을 둘렀다.

알 수 있었다. 이제까지 수많은 사지를 건너 왔던 몸은 일시에 지금 이 상황이 어떤 것인지를 설명해 주었다.

"운이 나빴다고 생각해라."

목소리.

뇌령부는 자신의 도끼를 갖고 나오지 않은 것을 후회했다.

하지만 생각을 오래 지속할 수는 없다. 그는 거기까지 판단이 미친 즉시, 전신에서 내공을 뿜어내며 상대에게로 맨손을 날렸다.

콰지지직!

자신의 손가락이 부러지다 못해 으깨지는 광경을 본 이가 있을까? 뇌령부는 격심한 고통보다도 자신의 주먹을 단숨에 으스러뜨린 상대의 무릎을 멍하니 바라보았다.

그는 묵묵히 두 눈을 빛내고 있었다.

"너도 아니군."

"뭐… 냐… 네놈……!"

"알아서 무슨 의미가 있겠는가."

온다.

뇌령부는 전신이 자신에게 강렬한 신호를 보낸다는 것을 느꼈다.

그는 칼날이 날아와도 튕겨낼 수 있도록 몸과 내공을 강철같이 수련했다.

그는 내공을 전신에 두르며 멀쩡한 왼손을 뒤로 향한 뒤

불끈 움켜쥐었다.

한 방을 견디고 자신의 전력을 다해 적을 후려치기 위해서였다.

하지만 이내 왼팔이 부러진다.

우두두둑!

쇄골과 함께 어깨가 산산조각이 나자, 왼팔은 축 처지며 몸의 중심마저 잃게 만든다.

이길 수 없다.

취기, 그리고 무기의 부재.

두 가지만 없었더라도 어떻게든 싸워볼 수 있었을 것이다. 그렇게 항변하고 싶었지만, 상대는 이미 뇌령부에게로 손을 휘두르고 있었다.

그는 결국 결정을 내렸다.

"습격이다!"

그 마지막 고함과 함께 뇌령부의 턱 위가 박살 나며 마치 수박처럼 터져 나갔다.

털썩 쓰러지는 시체를 가만히 바라보던 남자는 이내 피가 뚝뚝 떨어지는 주먹을 내리며 중얼거렸다.

"꽤나 강단이 있는 놈이로군."

그와 동시에 주변에서 인기척이 들려오고 있었다.

"하지만……."

그의 입가가 슬쩍 웃음을 그렸다.

"상관없다."

마루가 울리며 백영세가의 하인 한 명이 다급히 횃불을 치켜들었다.

"이건 뭐……!"

푸화악!

그의 몸에 장력이 명중하자 가슴에 구멍이 뚫리며 핏물이 쏟아졌다.

습격자는 그가 절명했음을 확인하고는 경쾌하게 몸을 돌렸다.

"뇌령부……!"

그의 고함에 달려 나온 호연작은 당황한 표정으로 인상을 찌푸렸다.

아래턱만 남은 채로 쓰러져 있는 그의 모습. 그리고 하인이 떨어뜨린 횃불은 점차 기둥과 벽으로 번지며 거대한 화염으로 변해가고 있었다.

"네놈……."

호연작은 양손에 내공을 집중하며 서서히 발을 미끄러뜨렸다. 이대로 싸우는 건 좋지 않다고 몸이 경고하고 있었던 것이다.

"우리가 맡지."

그 말과 동시에 뒤쪽에서 남자 두 명이 모습을 드러냈다. 두 명 다 무림에서 꽤나 이름을 떨치던 고수였다.

"무기를 가지고 오시오."

그 말에 호연작의 눈이 파르르 떨렸다.

무기가 없다고는 해도 이들 중 가장 강할 뇌령부가 제대로 대처조차 하지 못하고 당했다. 아마 열려 있는 문을 보건대, 금강수 역시 죽었을 것이다.

"일각만 버티시오."

그 말과 동시에 호연작이 땅을 박차며 뒤로 뛰었다. 내공을 싣자 먼 거리가 마치 요술처럼 좁아지고 있었다.

"어리석군."

습격자의 눈이 슬쩍 일그러졌다. 호연작이 가는 것에도 아무런 상관을 하지 않는다는 모습이었다.

그의 양손에서 천천히 비취빛 강기가 몰아치기 시작했다.

"너희가 시작한 일이니."

동시에 입가에는 비릿한 미소가 감돌았다.

"원망하지 마라."

"다른 자들도 움직이시오!"

한 중년인이 그리 고함치며 양 주먹을 들어 올렸다.

그의 온몸에 내공이 드리워지며, 곧 은은한 소리가 울려 퍼지기 시작한다. 극도의 외공(外功)을 소유한 자였다.

"어서!"

그 고함에 가운악을 포함한 몇 명의 몸 역시 뒤로 뛰었다.

그들도 상대의 위험함을 느끼고는 빠르게 행동에 들어간

것이다.

그와 동시에 비명이 울려 퍼졌다. 습격자가 공격에 들어간 것이다.

가운악은 이를 꽉 악물었다.

한밤중이라고는 해도 그 누가 백영세가에 숨어들어 와 공격을 감행한단 말인가!

게다가 화염은 더욱더 크게 번진다. 이윽고 얼마 가지 않아 주변을 모조리 먹어치울 것만 같았다.

"적이다!"

결국 판단을 마친 가운악은 내공을 실어 고함을 질렀다. 안쪽의 내각(內閣)까지 들릴 수 있게 말이다.

"적이 공격해 왔다!"

그리고 그 외침에 뒤이어 그는 황급히 안쪽으로 들어섰다. 이미 호연작은 자신의 창을 붙잡으며 앞으로 쏘아져 나가고 있었다.

주변이 밝아진다. 마치 태양이 떠오른 양, 불길은 점차 커지는 모습이었다.

'청아.'

그는 잠시 자신의 사제를 떠올렸다.

그리고 곧 손을 뻗어 바로 칼집을 움켜쥐었다.

*　　　*　　　*

"아이고, 배부르다……."

소하는 저도 모르게 그리 중얼거렸다. 워낙 시켜놓은 음식이 많아, 먹어대다 보니 어느새 배가 가득 차왔던 것이다.

"너무 먹는군."

청아는 그런 소하를 한심하다는 듯 쳐다보며 말을 이었다.

"그래서야 제대로 수련에 임할 수 없다."

늘 배부르지 않게 먹는 법을 배워왔던 청아로서는 소하의 저 덮어놓고 먹어대는 모습이 마음에 들지 않았던 것이다.

"하긴, 넌 뭘 걸신이 들린 것처럼 먹긴 한다."

운요마저도 편을 들자 소하는 고개를 저었다.

"이런 걸 먹는 게 얼마나 행복한 건데요."

"하긴… 철옥에서 살다 왔으니, 얼마나 힘들었겠냐."

"철옥?"

청아는 그 말에 눈을 동그랗게 떴다. 그녀 역시 시천월교의 감옥에 대해서는 익히 알고 있었기 때문이다. 무당파도 시천월교에 인질들을 보내 왔던 터였다.

"응, 거기 있었어."

아무렇지도 않은 목소리에 청아의 눈이 더욱 가늘어졌다. 소하가 입에 만두를 잔뜩 우겨넣은 채 고개를 갸웃거리고만 있자, 이내 청아는 스스로 뭔가를 납득했는지 말을 이었다.

"그랬군."

"아무리 그래도 너무 먹는 거 아니냐. 속 버려."

그러면서도 점소이에게 다음 접시를 주문하는 운요였다. 청아는 그걸 가만히 바라보다 이내 자신도 튀김을 하나 집어 먹으며 중얼거렸다.

"거기서 자랐다면 무공을 배우지 못했을 텐데."

"거기서 익히긴 했지."

소하의 말에 청아는 더더욱 이해할 수 없다는 표정을 지었다. 소하가 시천월교의 사람이라도 된다는 말인가? 그러나 그렇다면 시천월교에게 멸망당한 청성파의 운요가 같이 다닐 리가 없었다.

"내 칼을 어떻게 막았지?"

그녀의 가장 큰 의문은 바로 그것이었다.

"보여서."

소하가 아무렇지도 않게 다음 음식을 입에 넣으며 대답하자, 청아는 눈살을 와락 찌푸렸다.

"주연로(周緣路)는 그리 쉽게……."

"발을 잘못 디뎌서 그래."

청아는 말을 잇지 못했다.

소하가 한 말이 마치 천둥처럼 머리에 쏘아 박힌 탓이다.

"뭐라고 했지?"

"주연로는 그렇게 쓰는 게 아니잖아."

소하는 아무렇지도 않게 말을 이었다. 처음에는 잠시 놀라

긴 했지만, 그는 청아가 어떠한 무공을 익혔는지에 대해 그 일검으로 알 수 있었다.

청아의 눈에서 불똥이 튀었다.

"네놈……!"

그녀는 의자를 밀어내며 자리에서 일어섰다.

"어떻게 백연검로에 대해 알고 있지?"

무당의 비전.

백로검 이전, 그 아무도 도달하지 못했다는 전설 속의 검법이었다.

소하는 아무 말도 하지 않았다.

그저 조용히 음식을 먹는 데만 신경을 쓰고 있을 뿐이었다.

"대답을……!"

"흠, 그것보다."

운요는 젓가락을 내려놓으며 고개를 까닥였다.

"뭔가 일어난 모양이군."

바깥에 나갔던 점소이가 멍하니 입을 쩍 벌린 채로 들어오지 않고 있었다.

"소, 손님들. 저것 좀 보십쇼!"

그 말에 소하와 운요가 자리에서 일어났다.

아직도 의문이 섞인 시선을 강하게 보내고 있던 청아는 이내 두 명이 눈을 커다랗게 뜨는 것에 이를 앙다물었다.

"내 말에 제대로 대답해라!"

그녀는 그 말과 함께 소하를 붙잡으려 했다.

"그런데."

화아아악!

그녀가 밖으로 나선 순간 어디선가 밝은 빛이 솟구쳤다.

"세상에."

소하는 멍하니 그렇게 중얼거렸다. 운요 역시 마찬가지였다.

"저건… 무슨 일이지."

그곳에는 거대한 불꽃이 있었다. 잠에 빠져 있던 주민들 역시 하나둘씩 밖으로 나오기 시작했고, 멍하니 서서 그것을 지켜보는 중이었다.

"백영세가다."

한 명이 홀린 듯 그리 중얼거린 순간 청아는 앞으로 거칠게 뛰어나가기 시작했다.

"운요 형!"

그 말과 동시에 운요는 고개를 끄덕였다.

"내가 챙길 테니, 가!"

그 소리와 함께 운요는 객잔 안으로 들어갔고, 소하는 청아를 쫓아 앞으로 달리기 시작했다.

멍하니 서 있는 사람들의 모습이 스쳐 지나갔다.

불꽃.

소하는 고개를 든 순간 어마어마한 양의 불꽃이 허공으로 화염을 토해내는 것을 보았다.

"뭐, 뭐야!"

다가가던 한 명이 그것에 두려웠는지 재빨리 물러서고 있었다.

백영세가의 대문에는 벌써 안쪽에 있던 시비들 몇몇과 하인들이 각종 짐들을 등에 맨 채로 도망쳐 나와 있었다.

청아는 다급히 고개를 돌렸다. 그들 중 가운악의 모습이 있는가를 확인해 보기 위해서였다.

그을음이 묻은 채로 콜록대고 있는 사람들, 다들 어깨와 등에 화상을 입었는지 덜덜 몸을 떨며 아픔을 호소하고 있었다.

"이쪽으로는 더 이상 무리다!"

그들을 데리고 나오던 한 무인이 고함을 질렀다. 불길이 더욱더 커져, 어느새 안쪽을 메우고 있었기 때문이다.

청아는 그에게로 재빨리 발을 옮겼다.

"안에 아직 탈출하지 못한 사람이 있나?"

무인은 헐떡이며 자신을 붙잡은 청아의 팔을 뿌리쳤다.

"내가 알게 뭔가! 다 불타고 있는데!"

그는 겨우겨우 화염에서 탈출한 듯, 옷이 온통 그을리고 매캐한 냄새가 뿜어지고 있었다.

"갑자기 이게 무슨 일이지."

사람들은 놀라 웅성이고 있었다.

"백영세가의 사람들은?"

"뒷문으로 탈출했지 않겠는가."

"아니, 그래도 저 정도 불길이면……."

청아는 으득 이를 악물었다.

불길은 점차 커지면서 허공을 일렁거리게 하며 맴돌고 있었다.

연기에 감싸인 한 명이 찢어지는 비명을 내질렀다.

"폭발한다!

그와 동시에 불꽃이 뭉쳐져 있던 입구에서 화악 불길이 피어올랐다.

꽈아아앙!

사람은 몇이 놀라 땅에 주저앉고, 도망쳐 나온 이들은 비명을 지르며 땅을 나뒹굴었다.

새하얗게 질린 표정의 청아는 결국 마음을 굳혔다.

그러나 그녀가 앞으로 향하려는 순간 소하의 손이 앞을 막았다.

"비켜."

청아의 목소리에 소하는 고개를 저을 뿐이었다.

아무리 내공의 힘이 자리하고 있다 해도, 불꽃을 인간이 견디기란 쉬운 일이 아니다.

숨을 쉬는 것 자체부터가 제한당하는 것뿐만 아니라 피부를 보호하기 위해 내공을 두른다 해도 계속해서 내공을 소모하기 때문이다.

"그대로 가면 죽어."

소하의 말이 옳다. 그러나 청아는 뿌득 소리가 나도록 이를 악물며 눈을 번득였다.

"사형을 구하러 가야 돼."

가운악의 모습이 보이지 않는다.

거기까지 생각이 미친 순간, 청아는 더 이상 이성적인 판단을 내릴 수 없었다. 어떻게든 그를 살리기 위해서 한시라도 빨리 움직여야만 했기 때문이다.

"비켜."

청아의 몸에서는 이제 은은한 내공이 뻗어 나오고 있었다. 더 이상 막겠다면 힘으로라도 소하를 쓰러뜨리고 앞으로 나가겠다는 뜻이다.

그러나 소하는 고개를 저었다.

"자꾸 나를 귀찮게……!"

청아는 주먹을 들어 올렸다. 더 이상 시간을 끌면 그 안에서 가운악이 타죽거나 질식해 버릴 가능성이 높았다.

소하를 후려쳐 버리려는 그녀의 옆으로 무언가가 휘리릭 날아들고 있었다.

소하는 청아의 주먹을 피하려 들지 않았다. 다만, 손을 뻗어 자신에게 날아든 무언가를 잡아들었을 뿐이다.

굉명.

천에 감긴 그것을 붙잡은 순간 소하의 몸에서 뜨거운 열기가 뿜어져 나왔다.

"윽……!"

당황한 청아가 비척비척 물러섰다. 소하의 몸에서 뿜어져 나오는 노란빛. 그것에 주변에 있던 모두가 경악한 눈으로 소하를 지켜보고 있었다.

"혼자서는 무리야."

뒤쪽으로 운요가 따라붙었다. 그는 청아의 칼을 그녀에게 넘겨주며 조용히 말을 이었다.

"사람 상대는 해봤어도 이런 건 처음이군."

불꽃이 넘실대고 있다. 그리고 그것을 바라보던 이 중 하나가 위협을 느끼고는 다시 고함쳤다.

"또 폭발한다!"

소하는 굉명의 천을 풀었다.

허공으로 우렁찬 울음소리가 울려 퍼지고 있었다.

쩌르르릉……!

그 순간 그곳에 있는 모두는 경악할 수밖에 없었다.

불꽃이 폭발해 달려드는 순간 소하가 굉명을 휘둘러 그것을 베어버린 것이다.

굉음과 함께 허공에서 불꽃이 찢겨져 나간다.

당황한 청아가 입을 쩍 벌리고 있는 모습에 소하는 당당히 몸을 돌리며 소리쳤다.

"같이 가자!"

"뭐……?"

전혀 예상도 못한 말에 청아가 머뭇대는 순간, 운요 역시 칼을 빼들며 앞으로 나섰다.

쇄아아악!

검풍(劍風)이 예리하게 불길을 절단한다. 그 순간 주변의 불꽃이 조금 사그라들며 길이 드러나자 운요는 고개를 끄덕이며 옆쪽에 있는 나무통들을 쳐다보았다.

몇 명이 불을 끄는 데 도움이 될까 싶어 물을 가져온 것이다.

"없는 것보단 낫겠지."

그는 그것을 머리서부터 끼얹은 뒤 가볍게 고개를 털었다.

"서두르지 않으면 안에 있는 사람들 전부가 죽을 거다."

"이, 이보게들."

목소리에 운요는 고개를 돌렸다.

그곳에는 온몸이 그을린 무인 하나가 두려운 표정을 짓고 있었다.

"가면 죽어! 저 안은 장난이 아니란 말일세!"

그렇다. 시비 몇몇도 모두 덜덜 떨면서 불길을 바라보고 있었다.

살면서 이러한 화마를 맞닥뜨려 본 적이 그 누가 있겠는가. 모두가 이제껏 알지 못했던 공포에 휩싸여 있었던 것이다.

그것에 운요는 서슴없이 앞으로 검을 휘둘렀다.

그의 칼날에 서린 내공은 단숨에 불꽃을 가르며 앞으로 튀어나오려던 것을 분쇄해 버린다.

얼굴까지 오는 열기에 당황해 물러서는 자들을 보며 운요는 씩 웃었다.

"그렇다는데?"

소하는 물을 뒤집어쓰며 푸하 소리를 내고 있었다. 이미 들어갈 마음을 굳힌 것이다.

"시간이 없어요."

불길이 점점 더 거세진다. 입구가 이러한데 안쪽은 어떨지는 보지 않아도 알 수 있었다.

운요는 자신을 바라보는 자들에게 어깨를 으쓱해 보인 뒤 천천히 소하를 따라 걸음을 옮겼다.

그는 물동이를 든 청아의 곁을 지나며 천천히 내공을 운집했다.

"자살행위로 보일지도 모르지만."

검격이 허공을 날았다.

쩌저저정!

그 순간 아래가 타들어가 무너지려는 새까만 나무 하나가 그의 칼날에 맞고 뒤쪽으로 날아가 나뒹굴었다.

보통 사람이라면 피할 수조차 없었겠지만 그들은 무공을 가진 무림인들이었다.

"이 정도 재해(災害)도 못 이겨서야 무인이라 할 수 없지!"

운요는 그 소리와 함께 불길 속으로 몸을 던졌다. 안쪽에서 소하가 굉명을 휘둘러 길을 넓히는 모습이 언뜻 비쳤다.

청아의 눈이 일그러지고 있었다.

그녀는 잠시 주먹을 꽉 쥐었다가 이내 큭 하고 숨을 토하며 물동이를 자신의 몸에 끼얹었다.

멀어져 가는 그들의 모습에 몇 명이 청아를 말리려 했지만 그녀는 전신에 내공을 두르며 불길이 타오르고 있는 백영세가의 대문 안쪽으로 달리기 시작했다.

'사형.'

가운악이 저곳에 있다.

청아는 칼자루를 꽉 붙잡으며 걸음을 더욱 빨리 했다.

* * *

"말은 쉽게 했지만……!"

운요는 매캐한 연기에 인상을 찌푸리며 손을 휘둘렀다.

솨아앗!

검은 연기가 검풍에 흩어지자 겨우겨우 길이 보이고 있었다.

"아주 시원하게 불타는구만!"

굉명이 허공에 궤적을 그리며 연기를 걷어냈다.

본래라면 휘두르기가 끝난 즉시 연기가 차오르겠지만, 내공이 어린 공격은 다행히도 꽤나 능숙하게 주변의 불길들을 내쳐 버릴 수 있었다.

'하지만 숨쉬기가 어려워진다.'

벌써 몸은 땀범벅이고, 숨조차 제대로 내쉬기 어려워 입은 꾹 다문 채 코로만 힘겹게 숨을 쉬고 있는 상황이다.

소하 역시 운요와 함께 나아갈 수 있도록 천천히 길을 터 나가며 주변을 가리는 장애물들을 분쇄하고 있었다.

"운요 형!"

소하의 외침에 운요는 눈을 돌렸다. 그곳에는 미처 탈출하지 못했는지 꿈틀거리며 괴로워하고 있는 남자 하나가 있었다.

"이봐!"

운요가 크게 소리치자 그는 입에서 검은 연기를 토하며 몸을 부르르 떨었다.

심한 화상을 입은 데다, 이리로 도망치며 마구잡이로 뛰는 바람에 거의 의식을 잃을 지경이었던 것이다.

"조금만 더 가면 밖이야!"

"살, 살려……."

운요는 즉시 그의 팔을 잡아 일으키며 흐느적거리는 남자의 눈을 노려보았다.

"길은 터 놨으니 살고 싶으면 달려!"

그러자 그는 팔을 허우적대며 뒤쪽으로 달리기 시작했다.

원래라면 데려다주는 게 가장 나은 일이겠지만 한시가 급한 지금은 별수가 없었다.

꾸우웅!

둔중한 소리가 울렸다. 전각의 문이 반쯤 내려앉아 있는 것을 소하가 때려 부쉈던 것이다.

하지만 거기서 드러난 모습에 소하는 저도 모르게 숨을 삼켜야만 했다.

"이건……."

뒤쪽에서 다급히 소하 일행을 쫓아왔던 청아는 멀뚱히 서 있는 두 명을 보고는 빠르게 걸음을 옮겼다.

계속 불길이 커지고 있는 이때, 가만히 서서 무엇을 하고 있는 것인가!

그러나 그곳에 있는 상황을 보고는 그녀도 말을 잃을 수밖에 없었다.

새까맣게 타버린 사람의 시신 세 구가 엎어져 있었다.

"문이 내려앉는 바람에……."

소하는 멍하니 그리 중얼거렸다. 불길을 견디지 못한 대문이 무너져 퇴로를 막아버렸던 것이다.

그 때문에 전각 안에서 나가려고 발버둥 치던 이들은 비참하게 타죽어 있었다.

"지체하면 우리도 저 꼴이 돼."

운요는 그리 중얼거리며 내공을 일으켰다. 전각 하나가 이 정도라면 안쪽의 사람들은 더 끔찍한 꼴을 겪고 있다는 뜻이리라.

소하는 그것을 보며 눈살을 찌푸렸다.

'더 빨리 왔다면.'

이들이 살았을 수도 있다.

"소하."

운요는 재빨리 말을 이었다. 소하의 표정을 보았기 때문이었다.

"네 탓이 아니야."

청아는 앞으로 거칠게 걸음을 옮기는 소하를 보았다.

"그래도 살릴 수 있을지도 몰라요."

"멍청한 짓을……!"

청아는 눈살을 찌푸렸다.

불은 엄연한 자연현상이다.

청아처럼 가운악 한 명만을 생각하고 들어왔다면 몰라도, 다른 사람들까지 구한다는 건 바보짓이었던 것이다.

그 순간 소하의 손에서 굉명이 휘둘러지며 허공으로 참격이 퍼부어졌다.

쫘르르룽!

굉천도법의 공파.

그것에 달려들던 불길들이 모조리 사라지며 충격음을 뿜어내고 있었다.

순간 시원한 기운이 얼굴로 닥쳐온다.
“가죠.”
동시에 소하의 몸에서 마치 불길과도 같은 기운이 뻗어져 나왔다. 내공, 그것에 청아와 운요는 순간 홀린 듯 그곳을 쳐다볼 수밖에 없었다.
‘말도 안 돼!’
청아는 속으로 고함쳤다. 소하의 몸에서 뿜어져 나오는 힘은 그 정도의 나이대에 가질 수 있는 힘이 아니었다.
“허유.”
운요는 한숨을 푹 내쉬며 칼을 들어 올렸다.
“그래, 가자. 시간이 없으니!”
따라오라는 뜻으로 청아에게 눈짓한 운요는 더욱더 속도를 높이며 앞으로 향하기 시작했다. 그것에 머뭇거리던 청아 역시 꽉 칼자루를 쥐며 앞으로 향했다.
시선이 뒤로 머무른다.
‘이럴 수가.’
그녀는 소하와 운요가 나아간 길을 보았다. 그들이 지나간 길은 불길이 모조리 없어져, 주변에는 뜨거운 불이 일렁였지만 도망칠 수 있는 길이 만들어지고 있었던 것이다.
‘이게 무공의 힘이라고?’
상상도 못했던 일이다.
아니, 그 누가 무공으로 사람이 아닌 자연현상과 싸우려 하겠는가. 그러나 청아는 소하가 아무런 망설임도 없이 불에게 덤벼드는 것을 보며 그를 따를 수밖에 없었다.

뜨거움에 땀이 주르륵 흘러내린다.

점점 나아갈수록 숨을 쉴 수가 없어져 입술이 바짝 마르고 눈은 뜨고 있는 것조차 힘들어지고 있었다.

"뒤!"

운요의 고함에 청아와 소하의 시선이 옆으로 향했다.

우지지직……!

창고 하나가 불에 타서 무너지며 잔해가 이쪽으로 쏟아져 내리고 있었다.

소하와 운요가 반응하려는 순간.

청아는 전력을 다해 검을 휘둘렀다.

콰아앗!

달려들던 불꽃이 검에 찢기며 이지러진다. 동시에 잔해들 역시 분해되며 사방으로 조각을 튕기고 있었다.

백연검로의 정주로.

그녀는 그것을 펼쳐낸 뒤 소하와 운요의 옆에 섰다.

"이쪽은 걱정할 필요 없어."

"좋군!"

운요는 그리 소리친 뒤 앞을 응시했다. 어느덧 불꽃은 새빨갛게 시야를 뒤덮으며 일렁이고 있었다.

"보아하니 오래는 못 있어. 내공에도 한계가 있고… 소하,

저번에 이 주변을 봤었지?"

"길은 기억해요."

"그래. 일단 전각들보다는 안채를 중심으로 뒤진다. 지금 이 시간까지 주변에 아무도 보이지 않는다는 건, 어디론가 도망갔다는 뜻이야."

오전에 보았던 바로는 백영세가의 가신을 포함해서 이곳으로 초대받은 이들 중 상당수가 세가 안에 머무른 터였다. 하지만 뒤의 전각에 남았던 몇몇을 제외하고는 대부분의 시신이 보이지 않는 터였다.

"못 빠져나간 사람들도 있을 테니 서두르자구."

운요의 말이 끝나는 동시에 소하는 고개를 끄덕이며 오른손에 쥔 광명을 크게 휘둘렀다.

굉음과 함께 앞을 가리던 장애물들이 모조리 가루가 되어 부서지고 있었다.

초조함.

소하는 자신을 계속해서 건드리는 듯한 그 감정에 인상을 찡그렸다.

'보이지 않았어.'

모여 있는 사람들 중에 그녀는 없었다.

탈출했을까? 아니, 어쩌면 움직이지 못하고 이 화재의 한가운데에 남아버린 것은 아닐까?

서둘러야만 했다.

말하지 못한 감정을 안고 소하는 화재의 안쪽으로 더욱 깊숙이 발을 옮겼다.

* * *

"틀렸어……!"

한 남자가 발을 구르며 고함을 질렀다.

불길이 가득 차오르고 있는 전각들. 나가려고 시도했던 네 명 중 한 명만이 무사히 돌아왔던 것이다.

"어떻게 되었나?"

"아무데도 나갈 수가 없네. 불이 너무 강해!"

어두운 침묵만이 깔렸다.

그들 모두가 불을 피해 황급히 도망치기는 했지만, 불길이 워낙 거세고 연기가 피어올라 방향을 제대로 가늠하지 못했고, 급한 김에 다수가 도망치는 곳을 따라 모두가 우르르 움직였던 것이다.

그러나 그들은 이러한 화재를 처음 겪는 이들이었다.

냉정하게 출구를 생각하기보단 불이 붙지 않은 쪽을 찾기 위해 필사적으로 움직이게 되었고 그 결과 더욱더 안쪽으로 향해, 막다른 길에 도착해 버린 것이다.

"조금씩 잔해를 모아서 수정(水亭) 쪽으로 가면……."

"안됩니다. 연기가 너무 심해서 철윤이 아직도 깨어나지를 못하고 있습니다."

처음 백영세가의 가신들은 각각 몇 명을 뽑아 불길을 뚫기 위해 움직이도록 했다.

하지만 그들 중 일부는 불길을 견디지 못하고 쓰러져 죽어버리기도 했고, 돌아왔다고 해도 연기에 질식해 의식을 잃어버린 이들이 허다했다.

"대체 왜 이런 일이……."

하나둘씩 절망한 표정을 지을 수밖에 없었다. 갑자기 이 무슨 일이란 말인가! 백영세가 안에서 갑작스러운 화재가 일어났다는 것에 다들 혼란스러운 눈치였다.

"아직 포기하긴 일러요."

목소리에 모두가 눈을 돌렸다. 그곳에는 그을음이 낀 옷을 입고 있는 유원이 서 있었다.

그녀 역시 시비들의 도움을 받아 겨우 여기로 대피할 수 있었던 것이다.

"가휼(迦鷸), 당신은 남쪽 문을 살펴줘요. 오라버니께서 무사하시니 다른 이들이 이쪽으로 향해 올 가능성도 있어요."

"예, 아가씨."

그 말과 동시에 무인 한 명이 벌떡 자리에서 일어났다.

"자간(玆竿)은 서쪽 문을 살펴주세요. 아직 사람들이 더 피해올 수도 있으니까요."

"알겠습니다."

이름이 불린 무인들은 결연한 표정으로 저벅저벅 걸어 전각의 두 출구로 향하고 있었다. 모두가 멍하니 그들을 바라보고 있자 유원은 다부진 목소리로 말을 이었다.

"일단 다친 사람들을 치료하도록 하죠."

그것에 몇 명의 무인이 고개를 끄덕였다.

그들은 일사불란하게 사방으로 흩어져 나갔고, 곧 유원의 목소리에 정신을 차린 시비들이 쓰러진 이들에게로 다가가 살피기 시작했다.

이러한 혼란에서 의지할 만한 자의 존재는 큰 도움이 된다. 유원은 그것을 느끼고는 빠르게 자신이 행동으로 옮긴 것이다.

"훌륭하십니다."

곽위가 다가와 말을 걸자 그녀는 재빨리 그에게로 고개를 가까이 했다.

"어땠나요?"

"아직… 소재가 확인되지는 않았습니다. 아마 신비공자와 함께 피신 중이라 생각됩니다만."

백류영의 안위에 대해서는 아직 알려지지 않았다. 만약 그가 화재로 사망하거나 했다면 그것은 백영세가의 몰락을 의미할 것이다.

"원로전(元老殿)도……?"

"완전히 무너진 것을 보았습니다. 아마 그 속도였다면… 노인들에겐 힘들었겠지요."

곽위의 표정은 씁쓸해 보였다. 어디서 시작됐는지 모를 화재는 백영세가의 원로전까지 습격해 그 안에서 잠들어 있던 백영세가의 노인들을 불귀의 객으로 만들었던 것이다.

"다른 곳은 어땠죠?"

"이미 모두……. 외부의 전각들이라면 몰라도 안쪽은 전부 둘러싸인 모양입니다."

본능에 따라 도망친 게 화를 불렀다.

유원 역시 한밤중에 일어난 사태에 민첩하게 대응하지 못했고 일단 사람들을 따라 이리로 와 결국 막다른 길에 몰려 버리고 만 것이다.

"처음에는 뒤쪽 담을 넘어 산을 통할까도 싶었는데… 연기가 너무 심합니다."

불꽃보다 무서운 건 바로 연기다. 내공으로 몸을 제대로 보호하지 못하는 이들은 몇 걸음도 제대로 걷지 못한 채 쓰러져 그대로 죽어버리는 것이다.

"이대로라면……."

죽는다.

곽위의 말을 듣지 않아도 유원 역시 알고 있었다.

"버텨야 돼요."

그녀는 잠시 동안의 침묵 뒤 말을 이었다.

"누군가 우리를 깨워주지 않았더라면… 우리 역시 탈출하지 못한 사람들과 같은 꼴이 되어 있었겠죠."

유원은 불꽃에 휘감겨 살려달라며 울부짖는 사람들을 보았다. 알던 얼굴들, 일부는 어릴 적부터 가까이 해왔던 이들도 있었다.

죽음이란 끔찍하다.

그녀는 내심 두려움에 가슴이 꽉 막힌 것처럼 아파왔지만 내색하지 않았다.

그녀가 두려움을 보일수록 그것은 여러 사람들에게 전염되어 점점 커져만 갈 것이 분명했기 때문이다.

열기 때문에 가뜩이나 더운 밤의 온도는 더욱 올라갔다. 이미 목이 바짝 마르고 말할 때마다 숨이 가쁠 지경이다.

"버텨야만 해요."

그 목소리에 곽위는 일그러지려는 표정을 겨우 되돌렸다.

"알겠습니다."

그는 재빨리 몸을 돌렸다. 누군가가 도와주러 올 가능성을 고려해 탈출로를 살피기 위해서였다.

그 순간.

쿠우우웅!

곽위의 눈이 옆으로 돌아갔다.

나타난 것은 문을 뚫고 날아온 자간이란 무인의 모습이었다.

팔다리가 부러지고 목이 뒤틀려 있다.

"꺄아아아악!"

시비 하나가 처참하게 죽은 그의 시신을 보며 비명을 내질렀다.

"무슨!"

곽위는 성큼성큼 안으로 들어오는 거한의 모습을 보았다.

양어깨가 마치 얼굴만큼 크고, 두텁게 단련된 양팔은 아름드리나무를 보는 듯했다.

"살아남은 놈들이 여기에도 있었군."

침입자.

곽위의 판단력은 옳았다.

그의 온몸에서 뿜어져 나오는 내공이 이윽고 비취빛으로 번득이며 옆으로 쏘아져 나갔다.

콰지직!

무인 하나의 가슴에 구멍이 뚫리며 뒤로 튕겨 나간다.

벽에 핏물을 뿌리며 데굴데굴 구르는 모습. 일격에 즉사한 듯싶었다.

"모두 뒤로 피해라!"

곽위의 고함에 백영세가의 사람들은 비명을 지르며 물러서기 시작했다.

공기가 달궈지고 숨조차 쉬기 힘든 이때, 누군가가 습격해 들어온다는 건 예상조차 하지 않았기 때문이다.

거한은 자신의 상처가 그득한 몸을 툭툭 털며 고개를 흔들었다.

"원한은 없다만."

그의 양 주먹에 희미한 빛이 솟아올랐다.

"너희는 죽어야만 한다, 중원인들아."

"싸울 수 있는 자들은 앞으로 나서라!"

곽위는 다급히 그리 고함질렀다.

단전이 파괴되었다고는 하지만 아직까지 고수를 구별하는 그의 감식안은 약해지지 않았다.

강하다.

더군다나 지금 여기 있는 자들을 모조리 모아도 이자 하나에게 미치지 못할 것만 같았다.

하지만 싸워야만 한다.

백영세가의 이첨(李添)이 고함을 지르며 칼을 빼어 들었다.

그 역시 세가에서 상당한 수준에 오른 무인으로 아래에 많은 무인을 거느리고 있는 터였다.

네 명의 무인이 칼을 빼들며 거한에게로 달려들었다.

"흡!"

네 갈래의 칼날.

그 순간 거한은 주먹을 움켜쥐며 양팔을 풍차처럼 휘돌렸다.

파파파팍!

소맷자락이 휘둘러지는 소리가 음산하게 울리며 칼을 얻어맞은 거한의 팔이 도리어 네 명의 무인을 뒤로 튕겨내고 있었다.

'외공!'

곽위는 눈살을 찌푸렸다.

아무리 그가 강하다 해도 내공을 실은 칼날을 맞았음에도 아무렇지 않기란 어려운 일이다. 그리고 비취빛 기운은 거한의 몸에 맴돌며 희미한 빛을 내뿜고 있었다.

"그래 봤자 미약(微弱)!"

걸걸한 소리를 뿜어낸 즉시 거한의 주먹이 옆으로 쏘아져 나갔다.

푸화아악!

두 주먹이 각자 한 명씩의 상체를 맞췄다.

가슴이 관통당한 이첨은 입에서 한 움큼의 핏덩이를 쏟아내며 비명을 내질렀고 다른 무인은 그대로 목이 부러지며 등까지 머리가 늘어져 내렸다.

"크아아악!"

단숨에 둘이 죽었다. 이첨을 따르던 무인 두 명은 그 위세에 식은땀을 흘리며 물러설 뿐이었다.

"어리석군."

거한의 입가에 미소가 흘렀다.

"지금 기습했다면 너희들에게 조금이라도 승산이 있었을……!"

짧은 머리를 긁적이던 거한은 뒤에서 날아오는 섬뜩한 칼날에 이내 허리를 굽혔다.

째앵!

두 개의 칼날이 동시에 허공을 가른다.

어느새 뒤쪽에서 기습을 한 이천살검은 눈을 빛내며 빠르게 몸을 낮추고 있었다.

"제법 기민한 놈이 있군."

이천살검의 눈이 일그러졌다.

'기습으로 죽였어야만 했다.'

그 역시 곽위와 같이 적의 강함을 한눈에 알아보았고 그래서 무인의 자존심도 낮추며 기습을 하기로 결정했던 것이다. 그러나 거한은 그마저도 피해 버렸다.

"좋아. 너는 조금 재미있겠군."

파악!

허공을 치는 주먹, 그와 동시에 우물쭈물하던 무인 하나의 이마가 터져 나가며 바닥으로 쓰러져 내렸다.

허공을 공격하는 묘리를 이미 손쉽게 발휘하고 있다는 뜻이다.

'젠장.'

이천살검은 눈살을 찌푸렸다.

"모두 나서시오! 백영세가의 무인들이라면!"

그는 칼을 겨누며 전신에서 내공을 끌어 올렸다.

"하나로는 무리지만 모두라면 가능하오!"

그 소리에 곽위는 주먹을 불끈 움켜쥐었다.

"곽 아저씨!"

유원의 다급한 목소리가 들렸지만 곽위는 입술을 꽉 깨물며 고함을 내질렀다.

"백영세가는 무너지지 않는다! 적을 공격해라!"

그와 동시에 물러섰던 자들 모두가 소리를 지르며 무기를 빼어 들기 시작했다.

"이것 참."

거한은 달려드는 열둘이 넘는 자들을 쳐다보며 입가에 웃음을 띠웠다.

"심심하지 않게 해주는군."

第五章
진의

"여기에도 불만 가득하구만!"

운요는 그리 소리치며 칼을 휘둘렀다.

번개가 번쩍이는 듯하더니 허공에 새겨진 궤적이 단숨에 불꽃을 가로질렀다.

콰라라락!

단숨에 불꽃이 뭉쳐들며 사라지자 운요는 겨우 살겠다는 듯 이마에 어린 땀을 닦아낸 뒤 고개를 돌렸다.

지금 그들은 백영세가의 상당히 안쪽까지 전진한 터였다. 불길만이 계속되는지라 거리를 가늠하기 어려웠지만 서서히 커다란 전각들이 줄어들고 멀리 담이 펼쳐지고 있었다.

'돌담… 안쪽으로 온 거군.'

운요는 판단을 마쳤다. 아마도 이제 백영세가의 외각(外閣)을 지나, 내부까지 진입한 모양이었다.

외각이 손님들을 모시는 공간이었다면, 안쪽은 당연히 백영세가의 직속 가신들이나 백류영을 비롯한 일족들이 머무르는 곳이다.

'만약 뒤로 도망쳤다면 이곳에서 멈출 수밖에 없겠지.'

뒤쪽으로는 산이 험준하게 솟아 있고 담 주변에는 불꽃이 둘러져 있다. 만약 이곳으로 도망쳤다면 꼼짝없이 갇혔을 것이다.

청아는 윽 소리를 내며 눈살을 찌푸렸다.

'거리감이…….'

불꽃과 피어오르는 연기들이 아지랑이를 일으키며 시야를 굴절시킨다. 더군다나 가득한 열은, 이제 숨을 쉬는 것마저도 버겁게 만들고 있었다.

어지럽다.

머리가 마치 연기로 꽉 찬 것처럼 서서히 생각을 하는 것마저도 느려지고 있었다.

손아귀에 아직 검을 쥐고 있는지조차 불분명할 정도다.

툭!

소하는 옆에서 걸음을 앞으로 옮기던 중 발에 걸리는 무언가를 확인했다.

사람이다.

발에 걸려 구르는 모습, 불에 군데군데가 녹아 매캐한 연기가 피어오르고 있었다.

"무공에 당했어."

운요는 그 시체를 보자마자 판단을 마쳤다. 가슴팍에는 무언가 날카로운 것에 관통당한 듯한 상처가 나 있었다.

화르르륵!

불길이 나무들을 태우는 소리가 요란했다.

주변을 잠시 둘러보던 운요는 이내 천천히 몸을 숙이며 죽인 자의 상처에 손을 대보았다.

피가 손에 묻어 나왔다. 꿈틀대는 몸. 아직 그는 살아 있는 것이다.

"끅… 윽……."

"누가 이런 짓을 한 거지?"

운요는 빠르게 그의 어깨를 부여잡았다. 어차피 그를 구할 수는 없다. 가슴이 관통당했고 피 역시 바닥에 흥건할 정도로 너무 많이 흘려 버린 것이다.

"살려… 줘… 살……."

"무리다."

운요는 나직이 그에게 말을 이었다.

"피를 너무 많이 흘렸어."

이미 눈은 반쯤 뒤집어진 상태였다. 운요의 말에 남자의 숨소리가 급격하게 가라앉았다.

"가… 주님을 모시러… 가야……."

"누가 공격했지?"

이 불은 자연현상이 아니다. 분명 누군가가 의도를 가지고 낸 것이다.

백영세가의 내부에 불을 질렀다면 적이 노리는 것은 분명 백영세가의 가주, 백류영일 가능성이 높았다.

그 범인의 정체를 알기 위해서라도 그와 대적한 자의 정체는 반드시 알아야만 하는 것이었다.

"승… 려(僧侶)……!"

불길을 노려보던 소하의 눈이 일그러졌다.

누군가가 있다.

비척거리지만 거침없이 불길을 가르며 이리로 향하고 있었다.

"운요 형!"

소하의 고함과 동시에 운요는 팔을 휘둘렀다.

쩌어엉!

굉음과 함께 튕겨 나가는 운요의 모습 그는 땅을 데굴데굴 구르며 먼지를 피워내고 있었다.

"흐으."

거친 숨소리가 귓전에 몰아친다.

청아는 다급히 검을 들어 적을 겨냥했지만 적은 팔과 어깨에 붙은 불을 툭툭 두드려 끄며 고개를 까닥이고 있었다.

들고 있는 석장을 가볍게 어깨에 걸친 그는 이내 세 명의 모습을 확인하고는 인상을 찡그렸다.

"어떻게 살아 있지? 모조리 죽였을 텐데."

그는 흉악하게 얼굴을 일그러뜨렸다.

그의 팔다리에는 칼에 맞았는지 핏물이 줄줄 흐르고 있었지만 괘념치 않는다는 듯 소하에게로 석장을 겨눴다.

그러나.

옆쪽에서 날아든 칼날이 단숨에 그의 몸을 후려갈겼다.

콰가가각!

석장을 방패 삼아 막아냈지만 남자는 자신의 몸이 주르륵 뒤로 밀려나는 것에 인상을 쓸 수밖에 없었다.

"이놈……!"

운요는 숨을 토해내며 고개를 뒤흔들었다.

"아, 기절할 뻔했네."

이러한 상황에서 갑작스레 날아든 기습은 단연 의식을 잃게 만들기에 적절하다.

다행히 머리를 보호해 땅에 부딪히는 것을 피한 운요는 핏물이 배어나오는 칼끝을 바라보며 조용히 중얼거렸다.

"서장 놈이 왜 여기에 있지?"

그와 동시에 그의 눈이 살짝 가늘어졌다.

"어떻게 알았지?"

"이전에 본 놈하고 똑같으니까."

남자는 서장의 복장을 하고 있었다. 더군다나 이전, 운요가 보았던 자와 동일한 석장을 짚고 있지 않는가.

남자의 바싹 깎은 머리가 꿈틀거렸다.

"그런가. 방해가 될 것 같은 놈들이로군."

그와 동시에 남자의 몸에서 거친 기운이 몰아치기 시작했다. 이전 소하와 싸웠던 자가 마치 잔잔한 바람과 같았다면 이자는 태풍에 비견할 수 있을 정도다.

그에 호응하듯 거대한 바람이 쓸려 올라가며 불꽃을 휘감고 있었다.

"나는 육도(六道)의 아귀도(餓鬼道)를 맡은 자다."

그의 눈이 기이한 광망과 함께 번뜩였다.

동시에 석장에 맺힌 기운들이 서서히 날카로워지며 소음을 내뱉기 시작했다.

키이이이익……!

불길의 거친 소리에도 뭉개지지 않을 정도로 날카로운 음색이었다.

"아무래도 너희가… 수라도(修羅道)를 방해했던 모양이군."

그와 동시에 어마어마한 기운이 질풍처럼 뻗어 나왔다.

콰가가강!

운요는 검으로 그 충격을 받아내 떨쳐 버린 뒤 차갑게 중얼거렸다.

"이런 짓을 했으니 곱게 돌아갈 생각은 마라."

"호오."

그것에 아귀도라 불린 이는 가볍게 고개를 옆으로 숙이고 있었다.

"건방진… 놈이군!"

그와 동시에 석장이 마치 칼날처럼 날카롭게 휘둘러졌다.

째애앵!

운요는 그것을 받아내며 으득 이를 악물었다. 손가락까지 저릿한 기운이 흘러 들어왔기 때문이다. 청량선공을 시전해야만 그것을 흩어낼 수 있었다.

아귀도의 눈가가 휘어졌다. 운요를 단숨에 썰어버릴 수 있다는 자신감이 피어나는 모습이다.

하지만 그 순간, 그의 옆을 하얀 칼날들이 메웠다.

"음!"

아귀도는 신음을 토하며 뒤로 물러섰다. 단숨에 그의 자리를 메우는 칼날들, 청아가 펼쳐낸 것이다.

"빠르군."

그는 씩 웃으며 자신의 뺨에서 흘러나오는 피를 손으로 닦았다.

"하지만……!"

콰아아악!

말을 마치기도 전, 그는 옆으로 튕겨 나가며 땅을 데굴데굴

굴렀다. 소하가 그를 지나치며 전력으로 굉명으로 후려갈긴 것이다.

'맞았지만.'

소하는 그의 외공이 상당하다는 것을 느꼈다. 아귀도란 자는 거꾸로 땅에 머리를 박아버렸음에도 천천히 자세를 바꾸며 일어서고 있었다.

"흐."

그는 웃음을 흘리며 양손을 감아쥐었다. 석장이 다시 떨리며 울음소리를 토해내고 있었다.

"어디… 중원 놈들의 실력을 한번 볼까!"

그와 동시에 그의 전신에 비취빛 기운이 뒤덮였다.

콰가가가각!

순간 석장에 휘감긴 기운은 동시에 채찍처럼 허공을 후려갈겼다.

소하와 청아가 동시에 옆으로 뛰며 그것을 피해냈다. 예리한 기운은 허공을 때리는 것과 동시에 앞으로 충격파를 쏘며 흩어져 나가고 있었다.

"제법!"

그는 동시에 석장을 찌르며 땅을 박찼다.

운요의 눈이 일그러졌다.

마치 거대한 창처럼 그에게 내리박히려던 석장은 청아가 옆에서 끼어들며 막아내는 것에 허공을 선회하는 도끼가 되어 땅에 내리꽂혔다.

굉음과 함께 돌무더기가 쏟아져 내렸다.

청아는 옆으로 몸을 퉁기며 바닥에 나뒹굴었고 운요 역시 내공으로 몸을 방어하고 비척비척 물러서고 있었다.

"어떠냐."

아귀도의 입가에 비릿한 웃음이 감돌았다. 마치, 언제라도 그들을 죽일 수 있다는 듯 여유로운 모습이다.

"제법이다만……!"

그와 동시에 운요가 뛰었다. 어느새 뒤에서 소하가 도약해 달려들고 있었기 때문이다.

카앙!

석장이 굉명을 막아낸다. 그러나 굉명에 어린 힘에 그의 팔이 뒤로 밀려났고 아귀도는 예상 밖의 경력을 느끼고는 인상을 찡그렸다.

'어린놈이!'

환열심환의 기운이 양기를 북돋는다. 소하는 으득 이를 악무는 동시에 온힘을 다해 굉천도법을 쏟아 넣었다.

굉천도법의 천뢰!

천지를 메울 듯한 번개 소리와 함께 아귀도의 양어깨가 부르르 떨렸다. 자신의 외공으로 막아내고는 있다지만, 소하의 공격에 더 이상 견딜 수가 없었던 것이다.

'이전에 만난 자만큼은 아니야!'

소하는 그리 확신했다.

서장무림의 무인들은 전부 독특한 외공을 사용하는지, 비취빛 기운이 마치 갑옷처럼 그들의 몸을 뒤덮고 있었다. 그것이 바로 금강야차공이 가진 효능이었다.

아귀도의 입에서 핏물이 흘러나왔다. 광명에 더해진 양기가 그의 전신을 두들긴 탓이다.

소하 하나라면 뒤로 물러서는 것으로 막아낼 수 있다. 하지만 지금은 도저히 그럴 상황이 아니었다.

쏴카악!

운요의 검이 석장을 두들긴다. 소하가 칼을 휘두르는 동시에 그는 옆쪽으로 돌아들어 빈틈을 노리곤 검을 찔러내고 있었다.

"큭!"

아귀도는 욕지기를 가까스로 참았다. 운요의 내공 역시 나이에 맞지 않게 중후하다.

그것들이 외공을 계속해서 두들기자 육체가 파열될 정도의 고통이 찾아왔던 것이다.

그것을 본 청아의 눈이 번쩍이며 빛났다.

'서둘러야 돼.'

지금 여기서 시간을 낭비할 수는 없다. 잠시 망설였지만 이내 그 생각마저도 불꽃 속에 지워져 버린다.

그녀는 넓게 땅을 내리밟으며 동시에 박찼다.

흰 궤적이 단숨에 허공을 관통했다.

쩌엉!

"크하악!"

아귀도는 입을 벌려 핏물을 토해냈다. 너무나도 강한 경력이 마치 창날처럼 내장을 들쑤시고 지나간 것이다.

"이, 크윽!"

소하는 그가 청아를 돌아볼 수 없도록 옆쪽에서 굉명을 휘둘렀다. 아귀도의 손과 발을 모조리 묶어버리기 위해서였다.

백연검로의 상원로(霜湲路).

지금 청아가 안전하게 사용할 수 있는 가장 위력적인 검로였다.

'기회다!'

청아의 손에서 칼날이 뛰놀았다. 단숨에 아귀도를 관통해 죽여 버리기 위해서다.

그 순간 아귀도의 몸이 옆으로 휘돌았다.

카카카캉!

석장이 허공을 나는 모습에 운요는 그가 무기를 잃었음을 확인하고는 재빨리 품으로 달려들려 했다.

갑자기 눈앞을 스쳐 지나가는 창이 아니었다면 말이다.

"윽!"

운요의 코끝에서 핏방울이 흩뿌려졌다. 창날을 미처 전부 피해내지 못한 탓이다.

그의 유독 크고 펑퍼짐한 가사 그 안에 창이 매달려 있었던 것이다.

"다른 무기도 쓸 줄 아는가 보지?"

운요가 옷자락으로 코를 닦으며 묻자 아귀도는 코웃음을 쳤다.

"너희와는 다르다. 무예(武藝)란 병기를 다루는 재주."

창이 허공에서 휘어지며 은빛을 내뿜는다.

그것을 본 운요의 눈이 일그러졌다. 확실히 하나하나의 움직임이 예사롭지 않았다.

"그것이 달인(達人)이다!"

괴성과 함께 창이 쏘아져 나갔다. 회전을 가미하자 닿는 순간 살을 뜯고 뼈를 부술 것만 같은 위력이 더해지고 있었다.

"큭!"

운요는 재빨리 고개를 숙이며, 아슬아슬하게 창날을 피해내는 것과 동시에 온몸에서 내공을 쏟아냈다.

'이렇게 된 이상!'

쓸 수밖에 없다.

오래 끌면 불리하다는 것을 그 역시 인지한 것이다.

서장무인의 금강야차공은 불길을 모조리 막아내며 그에게 아무 피해도 주지 않고 있었지만 운요와 청아, 소하는 다르다. 그들의 내공은 점차 많은 양이 소모되어 갔던 것이다.

운요의 온몸에서 일순간 바람이 몰아쳤다.

그것에 불길의 궤적이 꺾인다.

아귀도의 눈이 커졌다. 운요의 몸이 마치 여러 개로 불어난 양, 불꽃 속에서 아지랑이가 펼쳐졌던 것이다.

비홍청운.

단숨에 세 갈래의 검격이 창을 내리찍었다.

카아앙!

쇳소리와 함께 창대가 쩌억 갈라져 버린다. 운요의 검격이 순간 허공으로 뻗어 나가는 것 같더니만, 이윽고 허공을 나는 제비처럼 아래로 내려쳐져 창대를 부숴 버렸다.

날이 허공으로 빙글빙글 돌아 불길에 삼켜지는 모습에 운요는 으득 이를 악물었다.

'청량선공은… 이런 상황에선 불리하군!'

주변을 내공으로 뒤덮는 방식의 내공심법인지라 불길을 막아내는 데에도 어마어마한 양이 소모되고 있었다.

하지만 창대를 부쉈다. 이걸로 무기를 완전히 없애 버린 것이다.

"어리석군!"

운요는 자신의 얼굴로 던져지는 창대의 조각에 눈살을 찌푸렸다. 아주 찰나의 순간 그는 무기를 놓으며 가사의 뒤쪽으로 손을 돌렸던 것이다.

그는 숨겨두었던 칼을 붙잡았다.

"운요 형!"

소하의 고함과 동시에 광명이 솟구쳐 올랐다. 다급히 소하가 운요의 앞으로 끼어들며 방어를 펼친 것이다.

그러나 아귀도는 전력을 다해 소하를 후려갈겼다.

콰아아앙!

두 명의 몸이 날아가 처박힌다.

운요는 애써 내공을 전개해 충격을 줄였지만 비홍청운을 펼친 대가로 숨이 제대로 쉬어지지 않을 정도의 후유증에 시달리고 있었다.

"젠… 장!"

상황이 열악하다.

운요는 땀이 눈으로 흘러내리는 것을 느끼며 다급히 자리에서 일어나려 했다.

그 순간 청아가 그들의 앞을 막았다.

"네가 마지막인가."

아귀도는 능글맞게 그리 중얼거리며 천천히 청아에게로 다가오고 있었다.

그녀는 잠시 내리고 있었던 눈을 들어 조용히 말을 이었다.

"소하라고 했었나?"

그것에 몸을 일으키던 소하는 고개를 들었다.

"함께 물러나라."

청아는 마치 금방이라도 꺼질 것처럼 아지랑이에 뒤섞여 흐느적거리는 듯했다.

"이자는."

그녀의 검이 날카롭게 아귀도를 향했다.

"내가 상대하지."

"혼자서는……."

콰아아앗!

그러나 소하의 그 말을 자르기라도 하듯 검풍이 몰아쳤다. 아까와는 확연히 다른 은은한 기운.

그것을 알아본 소하의 눈에 이채가 돌았다.

"부탁한다."

청아의 목소리는 언뜻 굳건해 보였지만 그 안에는 한없이 떨리는 듯한 유약(幼弱)이 잠들어 있었다.

"위험해지면… 도망쳐."

소하는 그렇게 말할 수밖에 없었다.

당장 발에 떨어진 불을 끄자 한다면 당연히 그녀를 도와 아귀도를 처리하는 게 우선이라 할 수 있겠지만, 지금 그들의 목표는 백영세가 내의 가운악과 유원이었다.

"네 사형은 내가 찾을 테니까."

소하의 말에 청아는 아무 대답도 하지 않았다.

아귀도의 눈이 슬쩍 운요를 부축하며 몸을 수그리는 소하에게로 향했다.

그가 막고자 한다면 소하의 앞을 가로막을 수 있었겠지만, 그는 검을 꽉 쥔 채로 가만히 서 있을 뿐이었다.

'지나갈 수 없겠군.'

그러한 예감이 들었다.

청아의 표정은 잘 보이지 않았다. 그녀는 그저 그 자리에 거목처럼 뿌리박힌 채로 조용히 검을 겨누고 있을 뿐이었다.

소하의 몸이 쏘아져 나간다. 운요의 도움까지 받아 더욱 빨리 불길 속을 가르며 앞으로 나아가고 있었다.

"어리석은 놈이로군."

아귀도는 솔직히 청아를 그리 평했다.

"저리로 간다 해도 수라도의 먹이가 될 뿐이다."

이곳에 온 서장의 무인은 두 명. 그렇기에 그는 이런 여유를 부릴 수 있었던 것이다.

그는 청아를 비웃으며 천천히 칼을 들어 올렸다.

"혹시라도 곱게 죽고 싶었다면 기대에 부응할 수는 없겠군, 중원인."

"지금부터 하나를 묻겠다."

청아의 목소리는 소하가 사라지자 더욱 격앙(激昂)했다. 서서히 뭉쳐든 소리에는 날카로운 분노가 깃들어 있었다.

"질문에 대답해라."

"갑자기 무슨 소리지?"

"대답하라고 했다!"

그녀는 고함치며 전신에서 내공을 끌어 올렸다.

그와 동시에 마치 횃불처럼 청아의 전신에서 흰 기운이 비산하기 시작했다.

그녀가 이제 뒤를 생각하지 않고 내공을 전개하고 있다는 뜻이다.

"그 검……!"

청아는 머릿속을 꽉 메우는 분노에 목소리를 높였다.

"백아(白芽)를 왜 네가 가지고 있는 거지?"

그것은 그의 검이다.

어릴 적 무당검공을 인정받았던 그가 사부님에게 하사받았던 검이다.

그것을 들고 청아에게 자랑스레 보여주며 붉어진 얼굴로 자신의 꿈을 거창하게 이야기하는 그의 모습이 어름어름 떠오르고 있었다.

"이거 말이냐?"

아귀도는 자신의 손에 쥐고 있는 칼을 들어 올리며 비죽 웃었다.

"죽이고 뺏었지."

그 말.

"약해 빠진 놈치곤 좋은 검이었다."

청아가 가장 듣기 싫었던, 하지만 어렴풋이 짐작하고 있던 말이 흘러나오자 그녀의 눈에 이제까지는 상상할 수도 없던 분노가 휘감겼다.

"그래."

콰오오오오!

불길이 옆으로 터져나간다.

"그러지 않기를 바랐다."

그녀는 자신의 검, 청아(青芽)를 꽉 붙잡았다.

사형이 자신의 백아와 함께 만들어진 검이라며 선물해 주었던 것이다.

"그건… 네가 쥘 수 있는……."

그와 자신만의 누구도 알 수 없었던 비밀이었다.

동시에 청아의 몸에서 이제까지와는 다른 내공심법이 터져나왔다.

무당파에서 오로지 그녀만이 재현할 수 있었던 힘.

무상기가 떨쳐져 나오며 주변의 풍경들이 모조리 일그러지기 시작했다.

"검이 아니다!"

분노에 사로잡힌 채 청아는 그리 고함질렀다.

*　　　*　　　*

"으, 아……."

신음이 울렸다.

뜨거운 열기가 코끝을 맵게 적시는 것에 뒤이어 곧 철퍽 소리와 함께 뜨거운 핏물이 떨어져 내리고 있었다.

이천살검은 대단한 고수다. 그는 흔치 않은 쌍검술이라는 경지를 개척했고, 부단한 단련을 통해 자신의 경지를 더 높은 곳까지 끌어올렸다.

그러한 실력이 있었기에 쌍검이라는 독특한 검술을 사용하면서도 지금까지 살아남을 수 있었던 것이다.

그러나 그 이천살검은 지금 양팔을 잃은 채 구석에 기대어 실낱같은 숨을 내쉬고 있었다.

"흐음."

수라도라는 이름을 지닌 서장무인은 자신의 손에 목이 꺾여 버린 자를 내던지며 조용히 중얼거렸다.

"생각보다는 제법이었다."

그가 자신의 두 팔을 잃으며 펼친 공격은 수라도의 허리춤에 긴 검상을 남기는 데에 성공했다.

수라도가 펼친 금강야차공이라는 절륜한 외공은 어지간한 보검이라 해도 쉽사리 침범할 수 없었지만, 결사(決死)의 일격은 그마저도 베어냈던 것이다.

하지만 사람들의 눈은 어두울 수밖에 없었다.

덤벼들었던 백영세가의 무인들 대부분이 피바다 속에 누워 있었고, 점차 뜨거운 불길이 거세지고 있는 것이 아니던가.

"하지만 이제 끝이로군."

쓸 만한 무인들은 대부분 죽어 나자빠진 지 오래였다.

곽위는 숨을 헐떡이며 피범벅이 된 몸을 수그렸다. 어떻게

든 겨우 주먹이 일으키는 충격파에서 벗어나기는 했지만 그에 스친 것만으로 이 꼴이 된 것이다.

"어리석은 자들이로군."

수라도의 눈이 천천히 구부러졌다. 그는 진심으로 땅에 쓰러진 채 신음하고 있는 부상자들을 바보 같다고 생각하고 있었다.

"약하다면 엎드렸어야 했다."

곽위는 주먹을 꽉 쥐었다.

어떻게든 일어나고 싶었다. 하지만 내공의 막대한 힘은 순식간에 몸을 넝마로 만들어 버린 터였다.

"살려달라 빌었어야만 한다."

수라도는 그리 평했다. 덤빈 자들은 그저 자신의 분수도 모른 채 강대한 힘 앞에 덤볐다가 목숨을 잃은 것뿐이다.

곽위의 앞에 수라도의 발이 도달했다.

그는 단숨에 곽위를 눌러 죽이기 위해 다리에 내공을 모으고 있었다.

"그러지 못한 자는 이 꼴이지."

"그만하십시오!"

고함이 들렸다.

수라도의 눈이 조용히 앞으로 향했다.

"여자라고 죽이지 못할 것 같은가?"

"아가씨!"

곽위는 애탄 고함을 내질렀다. 유원이 스스로 앞을 향해 나서고 있었던 것이다.

백영세가의 식솔들은 모두 두려운 눈으로 앞을 응시하고 있었다.

그들이 연 비무초친에 참여한 이들은 모두 내로라하는 고수다. 그러나 수라도는 그들의 연계 공격을 모조리 격파해 버리면서 그 실력을 보였던 것이다.

"왜 백영세가에서 이런 짓을……."

"그걸 네게 알려줘야 할 이유가 있는지 모르겠군."

그의 눈은 격렬한 혐오를 안고 있었다. 그러나 유원은 다시금 자신을 다잡으며 말을 이었다.

"지금 당신은… 이들이 보이지 않습니까? 모두 싸움이 불가능한 자들뿐입니다."

유원의 목소리가 서서히 떨리고 있었다. 막상 그의 앞에 서자, 수라도가 지닌 힘을 제대로 알아볼 수 있었기 때문이다.

"계집."

그는 조용히 말을 이었다.

"세상에 태어난 이상 모두가 싸우는 자들에 불과하다."

파지직!

그의 손에 비취빛 기운이 응집됐다. 유원을 단박에 죽여 버리기 위해서였다.

불꽃이 타오른다.

유원은 굳게 입술을 다물었다.

"죽고 싶지 않다면 뒤로 물러나라."

당장에라도 그러고 싶다.

그러나 유원은 절대로 움직이지 않으리라 마음먹었다. 그녀가 뒤로 물러서는 순간 주변의 사람들은 모조리 이자의 손에 죽고 말 것이다.

서 있는 그녀를 가만히 바라보던 수라도는 이내 픽 웃음을 지었다.

"흠."

그의 손이 내려가는 모습이 보였다.

"제법 의지가 있는 계집이로군."

곽위가 저도 모르게 숨을 토한 순간.

수라도의 눈에서 불똥이 일었다.

단숨에 팔이 솟구치며 오른손은 마치 칼날처럼 날카로워져 그녀의 목을 날려 버리려 했던 것이다.

유원은 보이지도 않는 그 어마어마한 기세를 찰나에 느끼며 죽음을 깨달았다.

미처 알아채지 못한 자들이 대다수다.

'죽는구나.'

그녀는 그리 실감했다. 이제까지 수많은 일이 있었지만, 자신의 죽음을 이렇게 피부로 체험한 적은 지금이 처음이었다.

그리 생각이 향한 순간 그녀는 이전 철옥에서의 일들이 떠올랐다.

백영세가라는 이 감옥에서 살아가기 위해서는 유일하게 그녀가 그녀로서 자리할 수 있었던 그때의 일들만을 붙잡아야 했기 때문이다.

다시 보고 싶었다.

아니, 돌아가고 싶었는지도 모른다.

육체가 묶여 있고 모든 것이 괴로웠던 그 철옥에서의 시간이 오히려 이 화려하고 모든 것이 가득한 백영세가에서의 시간보다 소중할 줄이야.

눈조차도 감을 수 없었다. 마치 시간이 멈춘 양, 뒤쪽의 불길이 거칠게 터져 나오며 허공까지 그 잔해를 흩뿌리는 장면이 시야에 새겨지고 있었다.

그 순간.

그녀는 무언가 돌풍처럼 자신에게로 휘몰아치는 것을 보았다.

꽈라라라랑!

뇌음이 모두의 귀를 메웠다.

"흠!"

수라도는 고함을 지르며 팔을 비틀었다.

단숨에 허공에서 내려박히는 칼날은 단순한 내공의 방어로는 막기 버거웠기에 흘려내는 수밖에 없었던 것이다.

퍼억!

그와 동시에 허공에서 파열음이 일었다. 유원의 몸이 휘청였다.

그녀의 머리를 내공이 휩쓴 것을 보고는 모두가 비명을 질렀다.

"아가씨!"

곽위가 애처롭게 그리 고함질렀다.

불꽃이 뜨거운 조각들을 사방으로 쏟아낸다.

유원은 눈을 크게 뜬 채로 앞을 바라보고 있었다.

하늘하늘 떨어져 내리는 머리카락.

수라도의 주먹은 그녀의 머리칼 일부를 잘라내며 허공을 때렸던 것이다.

그리고 그 궤적을 바꿔버린 것은 바로 어딘가에서 날아온 거대한 도였다.

'손을 떼었는데도 이 정도의 내력을!'

적이 달려든 게 아니다. 멀리서 도를 던진 것에 불과했다.

그와 동시에 수라도는 자신의 시야에 주먹이 가득 차는 것을 느꼈다.

소하가 그의 품으로 날아들며 주먹을 휘둘렀던 것이다.

빼어어억!

천영군림보로 그에게 접근한 소하는 전력을 다해 수라도의 얼굴을 주먹으로 후려치는 것과 동시에 땅에 꽂힌 굉명의 자루를 붙잡았다.

콰사앗!

굉명의 울림과 동시에 수라도의 가사가 갈라지며 핏물이 솟아올랐다. 그는 경력에 물러서면서도 주먹을 휘둘러 소하를 잡아채려 했다.

하지만 그는 이미 안개로 변하며 시야에서 사라져 버렸고, 수라도의 옆구리와 등을 굉명이 후려치며 동시에 공중으로 떠오른 소하의 발이 그의 뒷목을 걷어찼다.

그 순식간에 이루어진 연계에 수라도는 자신이 눈치챌 새도 없이 앞으로 튕겨 나가고 말았던 것이다.

쿠우우웅!

그의 거체가 땅을 구르며 소음을 뱉었다.

유원은 온몸이 꽉 굳어버린 듯한 느낌에 아무 말도 꺼내지 못했다.

그저 멍하니 입을 벌릴 뿐이었다.

"왜… 온 거야."

소하는 아직까지도 고개를 돌려 수라도를 바라보고 있었다.

유원은 저도 모르게 숨을 뱉어냈다. 소하가 날아오며 그 내공의 뜨거운 열기가 사라진 순간 아직도 사방에는 불길이 가득한데도 모든 세상이 맑은 단비에 휩싸인 것만 같았다.

그 순간 소하의 손이 그녀에게로 향했다.

긴 머리카락의 반이 잘려 나갔다.

"걱정 마."

소하는 굉명을 쥔 채로, 천양진기를 내뿜으며 그녀에게 당당히 말했다.

"이제 여기서 나갈 테니까."

수라도의 입가에 웃음이 감돌았다.

"건방지군, 중원인. 이제부터 네가 어떻게 될 지에 대해……."

"확인하는 의미로 묻겠는데."

소하는 그리 말을 이었다.

순간 유원은 오싹하는 기분이 들었다.

소하의 목소리를 들은 순간 등골에 차가운 고드름이 파고든 기분이었다. 마치 불길에 감싸진 주변이 환상처럼 느껴질 정도였다.

"이 불."

굉명이 희미한 울음소리를 뱉었다.

"네가 낸 거냐?"

"파고들기 수월했지."

그는 조용히 그렇게 중얼거렸다.

"목표를 찾는 데 조금 거슬리기는 했지만……."

"그렇군."

유원은 순간 손을 뻗을 뻔했다. 소하의 팔을 붙잡으며 당장에라도 튀어나갈 것만 같은 그를 멈추게 하고 싶었던 것이다.

격정(激情).

소하의 몸에서 흘러나오는 기운은 바로 격렬한 분노였다.

"그것이 분하다면 입으로 주절대지 마라."

수라도는 여전히 느긋하게 소하를 바라보고 있었다.

그가 보기엔 아직 새파란 애송이에 불과한 소하가 자신에게 분노를 보이고 있는 것 자체가 우스웠던 것이다.

"그 칼을 장식으로 쓸 참인가?"

"소… 하."

유원은 떨리는 입술을 열어 그의 이름을 불렀다.

다른 이들은 몰랐지만, 가까이 있던 그녀만큼은 알 수 있었다. 소하의 몸에서 흐르고 있는 기운은 분명 이전 철옥에서 만났던 그가 가져서는 안 될 것이었다.

"무림인들은 원래 그렇다고 믿으려 했었지."

사람을 죽인다.

그것은 무림에 살아가는 이들에게 있어 당연한 일이다.

무공은 사람을 죽이는 살인술(殺人術).

그렇기에 누군가가 죽고 사는 일이 그들에게는 숨 쉬는 것과 동일할 정도로 허무했다.

하지만 그것이 이해가 되지 않았다. 무림인이라고 하여 누군가를 죽이는 게 용서되는가?

소하는 이미 소중한 사람을 잃는 게 어떤 기분인지 충분히 알고 있었다.

"하지만."

소하의 이가 악물어졌다.

유원의 목소리는 이미 귀에 닿지 않았다.

콰아아아앗!

천양진기의 기운이 사방으로 비산한다.

"호오."

수라도의 눈이 살짝 변했다.

소하의 몸에서 뿜어져 나오는 기운은 분명 그 나이에 얻을 수 있는 수준이 아니었다.

"믿는 구석이 있다 이건가."

그는 고개를 꺾으며 천천히 주먹을 말아 쥐기 시작했다.

금강야차공이 있는 이상 어지간한 충격은 모조리 절륜한 외공이 보호해 주기에 그는 소하를 단숨에 때려죽이기로 마음먹었던 것이다.

'음?'

그러나 발을 디디려던 그는 뭔가가 이상하다는 것을 느꼈다.

발이 움직이지 않는다.

마치 바위가 짓누르고 있는 것처럼 온몸이 무겁게 눌리는 듯한 느낌이 계속해서 솟구쳤던 것이다.

'뭐지?'

스스로에게 물어봐도 답은 나오지 않았다. 불꽃에 둘러싸인 곳에서 싸웠기에 피로가 일찍 온 것인가?

아니다. 내공은 아직도 충만하게 몸을 뒤덮고 있었다.

의문이 흘렀던 눈동자가 이윽고 소하에게로 향했다.

"너희가 한 짓은 어떻게 해도 이해할 수가 없어."

"네게 이해받기 위해 한 짓이 아니다."

일렁인다.

천천히 주변이 떨리는 것을 느낀 수라도는 눈살을 찌푸렸다. 이 기운 그리고 주변의 반응이 왜 이렇게 되는지를 머리로는 이해했기 때문이다.

'기압(氣壓)?'

강한 기도를 가진 이들은 단순한 위압만으로도 상대를 내리누른다고 했다.

그러나 소하의 나이 그리고 모두가 피에 젖어 쓰러진 이 상황에 수라도는 그 사실을 쉽사리 믿으려 하지 않았다.

그러나 몸이 반응한다.

발이 멈췄다.

주먹을 쥔 팔도 마치 오랫동안 움직이지 않았던 듯 뻣뻣하게 들어 올려지고 있었다.

'내가 압도당하고 있다는 건가?'

수라도의 의문이 머리에 이를 무렵.

소하의 입이 천천히 열렸다.

"그러니."

굉명이 서슬 퍼런 고함을 내질렀다.

까아아아아악!

그 순간 주변의 사람들은 모두 자신의 귀를 막았다.

마치 심령까지 파고드는 듯한 섬뜩한 소리. 유원 역시 놀란 표정으로 고개를 움츠리고 있었다.

'왜.'

유원은 이해할 수 없었다. 그가 자신들을 위해 이곳에 향한 것도 안다.

그러나 지금 소하는 한 번도 본 적 없을 정도로 격하게 분노하고 있었다.

그 순간 뒤에서 그녀를 붙잡는 손이 있었다.

"처음 뵙겠지만 피하시죠."

운요였다.

그는 능숙하게 곽위의 옷깃을 잡으며 그를 끌어낸 뒤, 어느새 소하의 주변에 있는 부상자들을 모두 피신시킨 후였다.

"소하!"

운요는 그리 고함을 질렀다.

이제 싸워도 된다는 뜻이다.

그것에 수라도의 눈살이 찌푸려졌다.

소하가 지금까지 움직이지 않고 기운만을 방출한 것은 운요가 다른 사람들을 피난시킬 수 있도록 그를 억압하기 위해서였다.

"건방진 놈."

격정이 본능을 이겼다.

순간 수라도는 앞으로 발을 내디디며 양팔에서 어마어마한 양의 기운을 분출하기 시작했다.

“너 홀로 상대할 적이 아니라는 것을 깨달아라.”

그 말에 소하는 아무 답도 하지 않았다.

그저 조용히 굉명을 들어 그를 겨눌 뿐이었다. 수라도는 피식 웃을 뿐이었다.

“만약 시간을 벌 참이라면 차라리 목숨을 구걸하는 게 낫……!”

그러나 그는 말을 전부 잇지 못했다.

굉명의 칼날이 단숨에 날아와 쏘아 박혔던 것이다.

콰라라라락!

굉음이 주변을 휘감았다.

소하는 어느새 그에게로 다가와 있었다.

‘천양진기.’

소하의 두 눈에서 광망이 번쩍였다.

‘사식(四式)!’

단숨에 내려치는 일격.

소하의 몸이 세 갈래로 갈라지며 수라도의 팔과 허벅지를 연달아 베었다.

핏물.

수라도는 자신의 눈을 믿지 못했다.

본능적으로 방어했지만 그 순간 소하의 공격이 자신의 살을 베고 핏물을 허공에 뿌렸던 것이다.

살이 갈라지는 고통이 찾아왔다. 수라도는 인상을 찡그리며 손바닥에서 일장을 쏘아내었다.

그러나.

콰지지직!

파열음과 함께 수라도의 손목이 거꾸로 비틀렸다.

광천도법의 패력은 그의 공격을 오히려 튕겨내며 그대로 그 충격을 모조리 공격한 손에 집중시켰던 것이다.

광천도법의 공파.

수라도의 어깨에서 핏물이 솟음과 동시에 가슴팍에 거대한 혈선이 그어졌다.

"크윽!"

그의 입에서 신음이 솟아난다. 마치 온몸이 지져지는 듯한 고통, 단숨에 몰아친 소하의 발이 이윽고 거칠게 그의 턱을 올려쳤다.

사람은 턱을 맞게 되면 제대로 의식을 유지하기가 버거워진다.

단련을 해 내공으로 급소를 덮을 수 있었던 수라도는 거기까지는 미치지 않았지만 시야가 뒤흔들리며 고개가 치켜 올라가는 것을 막지 못했다.

'빠르다!'

천영군림보를 전력으로 발동시킨 소하의 속력은 그의 상상을 아득히 초월하고 있었다.

파파파파팍!

어깨, 왼팔, 허벅지, 가슴, 배.

소나기처럼 퍼부어지는 공격은 그의 금강야차공을 산산조각으로 깨부수며 온몸을 저며 버렸다.

계속해서 밀려갈 때마다 수라도의 얼굴에 격렬한 고통이 어리고 있었다.

'더… 이상은……!'

그는 본디 누군가의 공격을 잘 피하지 않는다. 금강야차공의 단단함을 믿고 그것을 견디며, 정면에서 적을 격파하는 것이 그의 자랑이었던 것이다.

"크흐아아악!"

그러나 견딜 수 없었다.

괴성을 지르며 팔을 휘둘렀지만, 소하는 안개처럼 흩어지며 동시에 옆쪽에서 나타나 칼을 내리그었다.

캉!

"기고… 만장하지 마라!"

수라도는 고함을 질렀다. 소하는 분명 빠르다.

천양진기 사식.

아직 소하에게 버거운 그 힘에 도달한 대가로 수라도는 소하의 모습을 제대로 눈에 담지도 못하고 있었다.

그러나 붙잡기만 한다면, 어떻게든 한 번을 잡기만 한다면 그는 소하를 죽일 수 있다는 자신감이 있었다.

땅을 박차는 것과 동시에 다섯 개의 분신(分身)이 일어났다.

'더.'

소하는 이를 꽉 악물었다.

환열심환은 천양진기 사식에 이르자 마치 기다렸다는 듯 어마어마한 양기를 풀어내고 있었다. 그것은 거대한 태양처럼 소하의 단전에 자리하고 앉아 그에게 힘을 공급한다.

수라도의 주먹이 질풍처럼 허공을 찔렀지만, 소하는 고개를 젖히는 것으로 그것을 피해내며 몸을 빠르게 휘돌렸다.

턱에 꽂히는 뒤돌려차기, 그와 동시에 소하는 굉명으로 땅을 내려치며 반동으로 몸을 튕겼다.

파칵!

마치 철추(鐵椎)에 얻어맞은 듯, 수라도의 목이 격하게 옆으로 돌아가며 입에서 하얀 이들이 튀어나갔다.

금강야차공이 있다고는 해도 얼굴에 전부 덮었다간 시야 확보가 힘들어진다. 얼굴이야말로 내공을 가진 자들의 싸움에 있어 가장 약한 급소라고 할 수 있었다.

"카아악!"

수라도의 입에서 핏물과 함께 고함이 터져 나왔다. 이렇게 된 이상 소하가 있을 만한 곳을 모조리 쓸어버리기로 마음먹은 것이다.

그의 손에서 서장무림의 절공(絶功)인 취형장(翠熒掌)이 쏟아져 나갔다. 맞는 순간 피부를 썩게 만들고 피를 끓게 만드는 어마어마한 살인공이었다.

그러나 소하의 주먹은 그것을 잡아 부쉈다.

꽈르르르릉!

폭발, 그러나 수라도는 그 안에서 소하가 튀어나오는 모습에 인상을 찡그렸다.

"말도 안 된다!"

취형장은 이렇게 쉽게 격파될 수 있는 무공이 아니다! 그는 그리 고함치고 싶었지만, 온몸에 섬광을 두른 소하는 이미 그의 앞까지 도달해 있었다.

"크으윽……!"

서걱!

그리고 소하의 도가 휘둘러지는 순간 무언가가 빙글빙글 돌며 허공으로 던져졌다.

수라도의 오른팔을 잘라 버리며 소하는 두 눈을 번득였다.

그 안에 들어 있는 건 맹렬한 살의였다.

주변이 모조리 얼어붙었다.

소하의 칼날이 뻗어나간 순간 모두의 시선은 이윽고 허공으로 뿜어져 나오는 핏물에 못박혔던 것이다.

"크아아악!"

기어코 수라도의 입에서 거친 비명이 쏟아져 나왔다.

자신의 팔이 잘려 버리리라고는 전혀 예상하지 못했기에 그는 격하게 고함을 내지르며 몸을 비틀고 있었다.

"이… 빌어먹을 놈잇!"

그는 고함과 함께 왼손으로 취형장을 쏘아내었다.

그러나 그곳에 이미 소하는 없다. 그는 몸을 휘돌림과 동시에 번개 같은 두 번의 공격을 수라도의 몸에 찍어버린 것이다.

퍼컥!

사람의 몸이 맞는 데 쇳소리가 인다. 광명에 어린 노란 기운은 단숨에 금강야차공을 격파하며 그를 내팽개쳤다.

남아 있는 한 팔마저 넝마처럼 갈라진다. 굉음과 함께 그가 데굴데굴 구르며 벗어나자 소하는 숨을 토해내며 고개를 들어 올렸다.

'아파.'

육체가 반응한다.

천양진기 사식은 아직 소하에게는 무리였다.

일찍이 척 노인이 사용했을 때에도 소하는 그의 자취를 쫓는 것마저도 힘들 지경이었다.

그러나 지금은 그래야만 했다.

이전 서장의 무인, 필시 저들의 동료인 자와 한 번 싸워봤던 소하는 그들의 수준이 천양진기 이식을 넘어선다는 것을 알았다.

그렇기에 절대로 그들에게 틈을 내주지 않으려 한 것이다.

'그래도.'

소하는 주먹을 쥐며 기운을 끌어 올렸다. 육체에 심한 부담이 가는데도 아직까지 내공은 건재하다.

환열심환은 더욱더 소하에게 싸우라 명령하는 듯 어마어마한 양의 내공을 단전으로 풀어내고 있었다.

굉명에서 소리가 울려 퍼진다.

그것에 소하는 눈앞에 떠오르는 것들을 억지로 뿌리치며 뿌득 이를 악물었다.

콰아아아앗!

소하의 몸이 쏘아지자 일순간 불길이 사그라들며 사방으로 굉음이 몰아쳤다.

마치 폭발과도 같았다.

비틀거리는 수라도의 어깨에 굉명이 박혀들자 그는 몸부림을 치며 어떻게든 소하를 떼어내려 했다.

그러나 오른팔은 이미 잘려 나간 데다 왼팔은 손바닥이 두 조각으로 갈라져 버린 뒤다.

소하는 수라도의 공격을 고갯짓으로 피하며 눈을 빛냈다.

콰직!

뼈가 내려앉는 소리.

수라도는 자신의 늑골이 부러지는 것에 피를 토해내며 뒷걸음질 쳤다.

'뭐냐, 대체!'

그는 고함을 지르고 싶었다. 그러나 이미 핏물이 폐까지 들어찼는지 꿀럭거리며 선혈만이 입 밖으로 흐를 뿐이었다.

'이건 말도 안 된다. 고작 저런 애송이에게 이 정도의 힘이……!'

그러나 이미 늦은 노릇이다.

소하의 온몸에서 거뭇한 살기가 뿜어져 나오고 있었다. 그것은 수라도를 절대로 놓치지 않겠다는 듯 음울하게 빛났다.

'이렇게 된 이상……!'

수라도의 전신에 금강야차공이 결집했다. 결국 그는 죽음을 각오하고 소하에게 상처를 입히기로 마음먹은 것이다.

'어차피 죽는다면 한 팔이라도 뺏는다.'

소하의 무공은 서장의 적이 된다.

그는 그리 판단했기에 서슴없이 자신의 목숨을 포기했다.

소하는 바보가 아니다.

적이 어떠한 마음을 먹고 자신과 대치하는지 모르지 않았다.

"왜."

소하의 입에서 분노 섞인 목소리가 흘러나왔다.

"왜 너희들은 목숨을 그리 쉽게 생각하는 거지?"

"모든… 건……."

살점과 핏물을 뱉어내며 수라도는 분연히 중얼거렸다.

"우리의… 세상을 위해……!"

서로 맞찔러 죽는다면 그것으로도 충분히 손해가 아니라고 자신하고 있는 터였다.

수라도의 그러한 마음을 알았지만 소하는 그를 내버려 두지 않았다.

그러나.

콰지지직!

순간 허공에서 내려앉는 칼날이 그의 몸을 양단했다.

비명도 지르지 못했다.

수라도는 천천히 자신의 등을 가르며 쏟아져 내려오는 칼날에 망연한 표정을 지으며 느릿하게 뒤를 돌아보았다.

"미안하지만."

홍귀는 칼을 내리찍은 채로 씩 미소를 지었다.

"넌 이제 퇴장할 시간이다."

"너……!"

그의 입에서 세찬 고함이 터져 나왔다.

동시에 몸을 돌려 홍귀를 내려치려 했지만, 이미 홍귀는 자신의 내공을 충만하게 몸에 두르고 있었다.

"더 이상 중얼거리지 마라."

"위왕(僞王)을 따르는 놈……!"

말이 채 끝나기도 전 수라도의 몸이 폭발했다.

동시에 피와 살점이 허공을 날며 그의 몸이었던 고깃덩이가 사방에 떨어지고 있었다.

치이이익!

핏물이 불꽃에 뿌려지자 곧 기분 나쁜 소리와 함께 연기가 인다.

홍귀는 씩 웃으며 소하를 바라보았다.

"제법이더군."

그와 동시에 불길 사이에서 가면을 쓴 자들이 모습을 드러내기 시작했다.

총 여섯 명, 모두가 은은한 기운을 내뿜고 있는 고수들이다.

"소하!"

유원의 목소리가 들렸다. 뒤쪽에는 백영세가의 사람들과 함께 피신한 운요가 서 있었다.

유원은 다급히 그리 외치며 앞으로 달려 나갔다. 그녀의 팔에 붙잡히자 휘청이며 중심을 잃는 소하의 모습. 그리고 그는 그녀의 품에 스르르 무너지며 천천히 몸을 묻었다.

"부상을 입었군."

"네놈."

운요가 앞으로 나서며 눈살을 찌푸렸다. 여기서 갑작스레 이자가 등장할 줄은 몰랐던 것이다.

"무슨 속셈이지?"

"속셈?"

홍귀는 무슨 말이냐는 듯 고개를 갸웃거리며 픽 웃을 뿐이었다.

"이해하지 못하겠군. 그저……."

그와 동시에 사방에서 가면을 쓴 자들이 더욱 많이 출현한다.

백면(百面).

"우리는 우리의 목적을 이뤘을 뿐이다."

불길이 휘몰아치고 있었다.

"자, 그럼."

그는 비죽 웃음을 지었다.

"이제 어쩔 참이지?"

운요는 검을 들어 올리며 인상을 찡그렸다. 소하는 아직 정신을 잃지 않았다. 그저 순식간에 내공을 쏟아낸 것으로 충격을 받아 회복하고 있을 뿐이다.

'하지만 수가 너무 많군.'

그는 조용히 홍귀를 노려보며 말을 이었다.

"왜 우리를 공격하려 드는 거지?"

"사실 별 상관은 없다. 애초에 우리 목적은 이놈이었으니까."

시체를 발로 짓밟은 홍귀는 수라도의 머리를 툭툭 건드리며 씩 웃었다.

"다만 너희들은 좀 귀찮아 보여서."

될 수 있다면 이 기회를 틈타 죽이겠다는 뜻이다.

운요는 주변을 포위하는 자들을 보며 천천히 칼을 들어 올렸다. 백영세가의 인물들은 움직이지도 못한 채 그들에게 포위되고 있었다.

"백영일화까지 죽일 참인가?"

"비키지 않는다면… 하지만 그 소저는 움직일 생각이 없어 보이는군."

유원은 소하를 꽉 껴안은 채 긴장한 눈으로 백면을 바라보고 있었다.

소하 역시 신음을 내뱉으며 움직이기 시작한다. 싸울 마음이라면 자신 역시 맞서야 했기 때문이다.

"그렇다면야."

홍귀가 움직이려는 그 순간.

쿠르르르르르!

소리가 일었다.

불길에 휩싸인 전각 하나가 무너지는 소리다. 그것에 홍귀는 홍겹다는 듯 그쪽을 바라보고 있었다.

하지만 뭔가가 이상하다.

불길이 사라졌다.

하나둘씩 앞쪽을 붙잡고 있던 불이 없어지며 서서히 시원한 바람이 돌아오고 있었던 것이다.

"이건……."

그는 가만히 멀리를 바라보았다. 눈에 내공을 흘려 넣어 안력을 돋운 것이다. 그리고 잠시 그곳을 보던 홍귀는 이내 허어 하고 숨을 뱉었다.

"별 광경을 다 보는군."

그리고 그는 고개를 돌렸다.

"기뻐해라."

그와 동시에 칼을 들고 있던 백면 모두가 납검했다. 싸울 마음이 없다는 것을 알아챘기 때문이다.

운요와 소하만이 당황한 채로 그들을 바라보고 있었다.

"갑자기 또 무슨 짓이지?"

운요가 그리 묻자, 홍귀는 어깨를 으쓱이며 중얼거렸다.

"말했듯, 원래 목적은 너희가 아니다. 더군다나……."

그는 서서히 불길이 꺼져가는 것을 보며 중얼거렸다.

"저런 걸 봤으니, 흥이 가실 수밖에 없지."

*　　*　　*

청아는 고함을 내질렀다.

뻗어나가는 칼날 그것은 단숨에 하얀 궤적을 그리며 아귀도의 요혈을 노린 채 쏘아 박히고 있었다.

하지만 아귀도는 웃었다.

'분기(憤氣)를 이기지 못하는군!'

청아의 공격이 상상했던 것보다 매섭다는 것은 인정할 수 있었다.

하지만 그러한 공격이라 해도 맞지 않으면 그만이다. 실제로 아귀도는 종이 한 장 차이로 청아의 공격들을 모두 흘려내고 있었다.

"형편없는 검법이군!"

그는 기합성을 토해내며 팔을 휘둘렀다. 청아의 검로를 모조리 끊어놓는 삼검은 그녀의 몸을 뒤로 날려 버릴 정도의 힘을 담고 있었다.

청아는 세상이 모조리 이지러지는 것만 같았다.

맞는 순간 팔에 턱 하고 강한 무게가 어리며 허공으로 튕긴다. 검의 기세가 조금만 더 약했어도 그대로 팔이 잘려 나갔을 위력이었다.

"그런 식으로 나와 봤자!"

아귀도의 손에서 칼날이 빙글빙글 회전하며 뜨겁게 달궈진 공기를 찢었다.

그가 익힌 서장의 무공 중 하나인 육접(六接)이란 기술은 다양한 무공을 손에 넣었을 때를 전제로 삼아 익히는 무공이었다.

서장의 상황은 중원보다 처참하다.

언제 죽을지 모르며 누군가의 습격을 당연시 여길 정도로 서로가 서로를 믿지 못하는 세계였다.

그렇기에 덤빈 적을 죽인다면 그의 무기를 들고 다시 싸워야만 했다.

검술 역시 수준급이라는 이야기다.

실제로 아귀도의 칼날이 청아의 어깨를 베고 지나가자, 핏물이 솟구치며 그녀의 얼굴이 일그러졌다.

“윽……!”

“이 칼의 주인과 아는 사이인가 보지?”

그는 비죽 웃으며 손목을 흔들었다. 그러자 백아라고 이름 붙여진 가운악의 검이 허공에 뿌연 잔영을 그리고 있었다.

“약해 빠진 놈이 칼 하나는 좋군.”

“사… 형을… 그딴 식으로 부르지 마라!”

청아의 돌진에 사방으로 불길이 몰아쳤다.

이제 어느덧 불꽃은 천천히 기울어지며 그들이 있는 공간까지 닥쳐오고 있는 터였다.

카앙!

공격을 흘려낸 아귀도는 슬쩍 뒤쪽을 바라보며 인상을 찌푸렸다.

‘슬슬 나도 한계인가.’

안쪽을 돌아다니며 적들을 어지럽힌 것은 좋았다만 내공도 서서히 바닥을 드러내고 있었다.

이제 수라도와 합류해 적당한 곳으로 도망쳐야 할 때였다.

파앗!

아귀도의 손이 휘둘러지자 청아의 옆구리에서 피가 튀었다.

휘청거리는 그녀의 몸에 아귀도는 고개를 저으며 쯔쯔 소리를 뱉었다.

"어리석군, 중원인……. 심기(心氣)가 어그러진 주제에 무엇을 하겠다는 것이냐."

이제 그를 상대하는 것도 지겨워지던 참이었다. 청아는 쓰러질 것같이 비틀거리고 있었기에 아귀도는 별다른 생각을 않고 몸을 돌리려 했다.

"거기… 서라……!"

"지겨운 놈이군."

아귀도의 미간이 찡그려졌다.

"네 사형이란 작자도 그랬지."

그는 청아의 표정을 보지 않았다. 어차피 한 수에 저승으로 보내 버릴 마음이었으니까.

"죽을 게 뻔한 데도 버러지같이 버티더니만."

그는 피식 웃으며 한 걸음을 앞으로 걸었다.

어차피 상대는 중심조차 제대로 잡고 있지 않다. 시간문제인 것이다.

"그냥 죽……!"

순간 아귀도는 뺨을 스치고 지나가는 무언가를 느꼈다.

아프다.

입이 쩍 벌어지며, 핏물이 후두둑 떨어져 내렸다.

"크헉!"

그는 숨을 토할 수밖에 없었다.

칼이다.

뻗어 나온 칼은 섬광을 그리며 단숨에 아귀도의 뺨을 반으로 찢어내어 버린 것이다.

청아는 칼을 앞으로 향한 채로 숨을 헐떡이고 있었다.

"이제야……."

"이… 망할 놈!"

아귀도는 상처를 손으로 붙잡으며 괴성을 토해냈다.

단숨에 그녀를 곤죽으로 만들기 위해 땅을 박차며 달려들기 시작했다.

청아는 그 순간 세상에 자신 혼자만이 남은 기분이 들었다.

숨소리가 길다. 서서히 꼬리를 남기며 흩어져 가는 것만 같다.

"떠올랐어."

"그건 이제 네 것이다."

장로들의 반대하던 목소리가 아직까지 떠돌고 있었다.

고함을 지르던 사형들.

모두가 그 결정에 불만을 토하며 자리를 박차고 나갔다.

어째서 이런 일이 일어나야 하는 것인지 명문이라 일컬어지는 무당의 치욕이라며 다들 분노를 토했다.

청아는 조용히 앉은 채 찬 기운이 흐르는 목갑 안에 담긴 서적을 보았다.

백연검로.

무당파 최고의 검객이자 천하오절이라는 무명을 얻었던 백로검 현암의 독문무공이었다.

그는 시천마와의 싸움이 있기 전 그 무공을 무당파에 맡겼다.

자신을 키워준 무당파에 대한 예의로 무공이 계속해서 후학에게 이어져 갈 수 있도록 한 것이다.

다만 예외를 두었다.

"무상기를 익힐 수 있는 아이에게 이 검을 허락하려 하오."

그 역시 백로검의 독문무공이자 무당의 비전이었다. 그렇기에 수많은 장문인과 그 후보가 백연검로를 얻기 위한 시련에 돌입했지만 그 아무도 성공하지 못했다.

그저 장난삼아 모두가 비웃으며 한 번 해보라고 했을 때 성공한 청아를 제외하고는 말이다.

그 순간 모든 게 바뀌었다.

청아를 질시하는 무리들 그리고 선대의 유언을 이행해야 하나 그것을 좌시할 수 없는 장로들의 방해가 뒤이었다.

여자에게 어찌 함부로 비검을 넘기겠냐는 뜻이었다.

청아는 다 내던지고 싶었다.

자신이 익히고 싶어서 익힌 무공이 아니었다.

그렇기에 차라리 스스로 백연검로를 포기하겠노라며 장로들에게 말하고 싶었다.

하지만 그럴 수 없었다.

청아는 가운악의 씁쓸한 웃음을 보았다.

그 역시 백연검로를 얻기 위해 평생을 매진해 왔음에도 무상기를 익히지 못해 포기할 수밖에 없었던 것이다.

칼자루를 쥔 손에 힘이 들어갔다.

아귀도의 공격을 고갯짓으로 피한다. 전개된 무상기는 눈을 감더라도 적의 공격을 모조리 느낄 수 있도록 해주었다.

파앗!

일검.

아귀도의 팔이 베어지며 그 안에서 근육과 뼈들이 보인다.

청아는 마치 유려한 춤을 추듯 칼날의 궤적들 사이를 유영하며 온몸에서 흰 기운을 내뿜었다.

무상기는 기격궤도를 읽는 힘이다.

백로검은 그렇기에 수많은 싸움 가운데서도 유유히 피 한 방울 몸에 묻히지 않은 채 승리를 거둘 수 있었다.

수라도의 눈이 경악으로 물들었다. 자신이 내쏜 칠격이 단 한 대도 맞지 않았던 것이다.

그리고 궤적들은 이윽고 하얀 선으로 변한다.

"이… 건……!"

백선로(白線路).

"백연검로……!"

도합 아홉 개의 검격이 단숨에 아귀도의 얼굴을 관통했다.

푸푸푸푹!

그의 얼굴에 구멍이 뚫리며 귀와 코, 그리고 턱에 칼날이 처박혔다.

고통의 비명을 토할 수도 없었다.

그저 팔을 휘저으며, 멍하니 말을 흘릴 뿐이었다.

"말도 안……!"

"닥쳐라."

청아의 눈이 일그러졌다.

콱!

칼날이 아귀도의 목을 베었다. 핏물이 솟구치며 사방으로 뿌려지기 시작했다.

"더 이상… 지껄이지 마."

"크, 흑!"

그는 목을 감싸며 뒤로 비척비척 물러섰다.

내공을 통해 지혈이 이루어졌지만 얼굴에 마치 불이 붙은 듯 뜨거운 감각과 함께 피가 꿀럭꿀럭 흘러내리고 있었다.

'이대로는…….'

청아를 노려보던 아귀도는 결국 마음을 정했다.

떨그렁 소리가 들리며 그의 손에서 백아가 떨어져 나왔다.

땅을 박참과 동시에 뒤로 도망친 것이다.

쫓아가야만 했다.

하지만 멍하니 그것을 바라보던 청아는 이내 앞으로 걸어가 바닥을 향해 손을 뻗었다.

땅바닥에 구르고 있는 가운악의 검은 청아의 핏물로 범벅이 되어 있었다.

그녀는 이를 꽉 악물었다.

동시에 주변의 불길들이 사그라지기 시작한다.

무상기를 펼쳐낸 순간 그녀의 기압(氣壓)이 주위를 모두 짓눌러 버린 것이다.

차가운 바람이 목으로 스며들었다.

그러나 그녀는 여전히 뜨거운 불길이 얼굴에 드리운 것만 같았다.

"사형."

그의 검을 든 채 망연히 그리 중얼거릴 뿐이었다.

그에게 묻고 싶었다.

왜 갑작스레 그는 이런 일을 해야만 했는지. 그리고 그의 진의(眞意)는 대체 무엇이었는지 말이다.

하지만 대답은 없다.

손에 쥐어진 백아는 핏방울만을 땅으로 떨어뜨릴 뿐 아무 말도 하지 않았다.

第六章
사화

불은 꺼진 뒤에도 매캐한 연기를 남겼다.

백영세가의 담은 시꺼멓게 그을렸고 타버린 화원에서는 아직도 너울너울 연기가 오르는 중이었다.

"아직 불씨가 남아 있을지 모르니 면밀하게 살펴라!"

한 명의 고함에 곧 여러 사람이 우르르 달려가기 시작했다. 모두가 물동이나 부지깽이를 들고 있는 모습이었다.

"어느 정도 정리는 되었군."

곽위는 붕대를 감은 팔을 감싼 채로 주위를 둘러보았다. 다행히 백영세가의 사람들뿐만 아니라 주변 마을의 사람들까지 모두 참여해서 불을 꺼준 덕택에 화재를 상당히 빠르게 진압

할 수 있었다.

"모두 세가의 은공(恩功)이 있었기에 그런 것이 아니겠습니까."

한 남자가 그리 말하자 곽위는 후우 하고 길게 한숨을 내뱉었다.

"그랬다면 좋은 일이지."

백영세가의 절반 이상이 불꽃에 휘감겼다.

그 덕에 전각은 거의 모두 복구가 불가능할 정도로 타버렸고, 사람들 역시 상당수가 그곳에 갇혀 죽어버린 터였다.

'하지만 너무나도 많은 것을 잃었다.'

백영세가의 건재함을 선포하는 자리에서 자신들의 세력을 이리도 잃게 될 줄이야. 씁쓸한 기분만이 들었다.

더군다나.

곽위는 안쪽에 자리하고 있는 자들을 보았다.

가면을 쓴 자들, 무림에서 백면이라 전해진 신비세력이 바로 그곳에 있었다.

'거슬리는군.'

그들이 만박자의 묵궤를 수색하는 과정에서 갑작스레 등장했다는 사실은 이미 알고 있었다. 그러나 그전에도 계속해서 언뜻언뜻 모습만을 비췄을 뿐, 이렇게 대규모로 등장한 것은 이번이 처음이었던 것이다.

"이들이 바로 백영세가의 '힘'이다."

백류영은 불길이 어느 정도 걷히기 시작했을 때, 신비공자와 함께 모습을 드러내며 살아남은 이들에게 그리 선언했던 것이다.

'어쩌면…….'

곽위의 얼굴이 주름이 깊어졌다.

상처에서 전해지는 아픔도 상당했지만, 그는 마음속에 계속 가시처럼 걸려 있는 의혹을 도저히 지울 수가 없었다.

'비무초친은 수단에 불과했던 것일지도 모른다.'

그러나 아무도 대답해 주지 않았다. 백류영은 정식으로 백영세가를 노리는 적에 대한 내용을 발표했을 뿐, 비무초친에 결과에 대해 언급하지 않았다.

"무림은 외세의 위협에 노출되어 있다."

서장무인의 등장이 바로 그 증거였다. 천하오절이 존재했을 당시에는 꿈쩍도 하지 않았던 외세의 무인들이 지금 다시 무림을 노리고 쳐들어오려는 상황이라는 뜻이다.

"곽위 님. 안쪽을 찾아보고 왔습니다."

문득 뒤쪽에서 목소리가 들렸다. 백영세가의 무인 중 하나로, 곽위의 명령을 받고 생존자들이 머물고 있는 장소를 수색하던 자였다.

"천회맹의 무인들은… 대부분 돌아간 것 같습니다."

"그렇겠지. 그들 역시 생각할 거리가 많아졌을 테니."

백영세가의 선언은 여러 의미를 지닌다.

그들은 스스로 서장의 무인을 쓰러뜨렸고, 백면이라는 신비조직을 소유하고 있음을 드러낸 것이다.

그들을 끌어들일 생각만을 하고 있던 천회맹에게는 충격이나 다름없었다.

"대부분이라고 했나?"

"예, 아직 몇몇은 남아 있습니다."

"천회맹도 모두가 똑같은 생각을 하는 건 아닌가 보군."

곽위는 그리 말하며 몸을 돌렸다. 아마도 남은 이들은 백류영과 모종의 이야기를 하고 있는 것이리라. 그는 후우 하고 길게 숨을 내쉬며 중얼거렸다.

'너무도 많은 이가 죽었다.'

불길 속에서 시체를 찾아내는 것은 끔찍한 일이었다.

타버린 자들이 어떠한 모습으로 죽어갔을지 능히 상상되었기 때문이다.

그는 씁쓸한 표정으로 몸을 돌렸다.

연기가 하늘로 솟구쳐 어느덧 허공을 메우고 있었다. 숨을 쉴 때에도 매캐한 냄새가 계속해서 코와 입을 맴돌고 있는 터였다.

"수색은?"

"아직 전부는 찾지 못했습니다. 일단 무인 분들께서 함께 도와주신 덕에……."

"서둘러라. 화마(火魔)에 잡아먹혔으니 염(殮)이라도 제대로 해주어야만 한다."

시신을 수색하는 작업이 길어지고 있었다.

비무초친에 참가한 이들도 대부분 사망한 터였고, 더군다나 이곳에 초대한 빈객 중 일부도 실종된 지 오래였다.

'하지만 가주는 이들을 신경 쓰지 않는다.'

백류영은 백면의 존재를 발표한 뒤, 그대로 가주전에 틀어박혀 나오지 않는 터였다.

아마도 그와 함께 하고 있는 천회맹의 일부 인물들이나 신비공자와 같은 이들만을 대면하고 있는 것이리라.

곽위는 그것이 마음에 들지 않았다.

"아가씨도 바깥에 계십니다만……."

백영세가의 무인들이 부상에도 이토록 열심히 잔해들 사이를 뛰어다니고 있는 것은 스스로를 돌보지 않으면서 화재 현장을 돕는 유원의 존재 때문이었다.

"아가씨께서 바라시는 일이다. 우리가 관여할 필요는 없지."

"하지만 외인들과 함께 계십니다."

"그들은……."

곽위는 저도 모르게 슬쩍 헛웃음을 냈다.

설마 그때의 소년을 이곳에서 만나게 될 줄이야.

"믿어도 된다."

*　*　*

소하는 손을 들어 다 타버린 대들보 하나를 뒤집었다.

먼지가 일어나며, 동시에 검은 재가 허공으로 치솟았다.

불이 다 꺼진 뒤에도 아직 열기는 식지 않아 내공으로 몸을 두르지 않으면 화상을 입을 정도로 불씨들이 남아 있는 모습이었다.

"이곳도 심각하군."

운요는 얼굴로 날아오는 재를 털어낸 뒤 그리 투덜거렸다. 여러 군데를 돌아다니며 사람들을 돕긴 했지만 어디 하나 간단히 지나칠 수 있는 곳이 없었다.

"……."

유원은 슬픈 표정으로 타버린 시신들을 바라보고 있었다.

허공으로 팔을 뻗은 채, 다 타버린 문짝에 들러붙은 채로 죽은 자들도 있다. 밖으로 미처 나가지 못하고 연기에 질식해버린 탓이다.

"이런 일을……."

수십, 수백에 이르는 이들이 타 죽었다.

한순간이 아니다.

그들은 다가오는 열기와, 의식을 흐리게 만드는 연기 속에서 발버둥 치다 죽어갔을 것이다.

소하는 아무 말도 하지 않았다. 그저 조용히 옆쪽의 대들보를 치워 다른 이들이 시신을 운구(運柩)할 수 있도록 배려할 뿐이었다.

"아는 사람들인가 보군."

운요의 말에 유원은 슬픈 표정으로 고개를 끄덕였다.

"연화(蓮花)……."

그러한 이름을 가졌던 시녀는 몸의 반절이 타서 사라진 채로 죽어 있었다.

쩍 벌린 입은 숨을 쉬고 싶다는 듯 필사적으로 갈구하는 듯했다.

이곳은 시녀들이 모여 있던 방, 그들은 불꽃에 놀라 탈출하려 했지만 문을 제대로 열 수 없던 모양이었다.

"이상하군."

운요는 문짝을 들어 옮기며 중얼거렸다.

"그렇다고 해도 모두가 탈출을 하지 못할 수가 있나?"

누구나 극한 상황에 이르면 당황한다. 머리가 제대로 돌아가지 않고 생각이 좁아지게 된다.

그러나 이제껏 둘러보았을 때, 전각을 탈출하지 못한 이들은 모두 문 앞에 모인 채로 죽어 있었다.

소하는 조용히 시체를 운반해 가는 사람들을 지켜보았다.

수많은 시신은 구별하기도 어려울 정도로 다 타버린 경우가 많았다. 그런 이들은 모아서 함께 소각하게 되리라.

"저쪽도 많군."

운요는 손가락을 들어 앞쪽을 가리켰다.

구석의 전각, 그곳에서는 여러 사람들이 모여서 잔해 하나에 매달려 있는 모습이 보였다.

소하는 슬쩍 뒤를 돌아보았다.

그곳에는 청아가 있었다.

허리춤에 두 개의 칼을 매단 채, 그녀는 고개를 푹 숙인 채로 계속 그들을 따라 걷고 있었다.

처음 그녀를 발견했을 때 백면은 그녀를 공격하려 했다.

아귀도를 무참하게 죽여 버린 모습에 위협을 느꼈기 때문이다. 그것을 막은 것이 바로 소하와 운요였고 그녀는 그 이후 그들을 따라 하염없이 걷기만 할 뿐이었다.

검댕을 뒤집어쓴 사람들은 자신들의 힘으로 불가능한 장애물의 모습에 다들 쩔쩔매고 있는 상황이었다.

"아, 당신들!"

한 명이 소하와 운요를 알아보고는 소리를 쳤다.

"무사했구만!"

"우릴 아시오?"

운요가 고개를 갸웃거리자 그는 고개를 끄덕이며 씩 웃음을 지었다.

"당신들 때문에 우리가 여기까지 온 거 아니겠어! 대단하더만!"

"대단한 무공이었지."

다들 고개를 끄덕이는 모습이었다.

잠시 이해할 수 없어 고개를 갸웃거리던 운요는 이내 소하와 함께 앞으로 향했다. 일단 장애물을 치우는 게 우선이었던 것이다.

"이곳은……."

소하는 말을 이을 수 없었다. 시꺼멓게 탄 재들이 가득 널려 있는 모습들. 여기 역시 수많은 이가 죽어간 모양이었다.

"아가씨!"

외침에 유원은 고개를 돌렸다. 그곳에는 다 그을린 옷을 입은 여인 하나가 황급히 달려오는 모습이 보였다.

"설애(薛艾)! 살아 있었구나!"

유원은 순간 화색을 보이며 앞으로 향했다. 설애라는 여인 역시 가까이서 유원을 모시던 이였기 때문이다.

모두가 갇혀 죽은 줄만 알았더니 그녀는 다행히 탈출했던 모양이었다.

"다행히, 이곳에서 도와주신 분이 계셔……."

설애는 이내 퍼뜩 무언가를 깨달은 듯 다급히 유원의 소맷자락을 붙잡았다.

"혹시… 혹시 그분께서는 여기 계신가요?"

머리 끝부분은 온통 불길에 타버리고 옷과 소매 아래의 살들까지 화상으로 짓물러 버린 모습이다.

그것을 안쓰럽게 바라보던 유원은 설애의 어깨를 두드리며 말을 이었다.

"일단 좀 진정하렴. 어느 분께서 널 도와주신 거니?"

"저뿐만 아니라, 저기 있었던 사람들 대부분이 그분 덕에 살아서……."

손으로 가리킨 곳에는 주저앉은 채로 숨만 겨우 내쉬고 있는 이들이 보였다. 물동이를 든 몇 명이 이동하며 그들에게 마실 물과 먹을 밥덩이 약간을 건네주고 있었다.

"갑자기 어떤 자가 어르신들을 모조리 죽이고는……."

설애는 다급해 보였다. 나와서도 자신들을 구해준 이를 찾아보았지만, 그의 모습이 도저히 보이지 않았다는 것이다.

운요는 잿더미가 된 전각의 마루를 걷던 중, 바닥에 뒹굴고 있는 창을 보았다.

"만련창."

만련창 호연작은 자신의 창을 꽉 쥔 채로 쓰러져 있었다.

몸의 대부분이 타버려 시커멓게 되어 있었지만 두터운 팔목과 흔적만 남아 있는 옷들로 그의 정체를 추정할 수 있었다.

"무림칠객 중 일인이 당하다니……."

"괴물 같은 놈이 쳐들어왔었군."

호연작의 이름은 꽤나 알려져 있는 터였다. 그런 그의 죽음에 다들 할 말을 잃은 모습이었다.

"이 안쪽에 있는 자는… 금강수인가?"

비정상적으로 두터운 팔을 가진 시체를 보고는 모두가 한숨만을 내뱉을 뿐이었다. 이 호북에 이름을 날리던 이들이 여기서 모조리 고혼이 되어버릴 줄이야.

"세상에나."

전각은 대부분 타고 그을려 제대로 흔적이 보이지 않았지만, 분명히 주변에는 싸운 자국들이 남아 있었다.

분명 만련창의 공격에 뒤이어 몇 명의 무인이 맞서 싸운 모양이었다.

그 습격자가 아귀도임을 깨달은 소하는 후우 하고 길게 숨을 내뱉었다. 그는 아마도 죽인 이들의 무기를 들고 계속해서 싸움을 이어간 모양이었다.

"이쪽으로는 길이 나 있지 않았는데 어디로 나온 거요?"

운요는 주변을 둘러보다 그리 물었다. 입구 쪽은 대부분 시체뿐이다. 설애가 빠져나온 곳은 다른 쪽이라는 뜻이다.

"그 은공께서 몸을 돌보지 않고 길을 뚫어주신 덕에… 저쪽 돌담입니다."

전각의 안쪽에 위치한 정원에도 시체들이 보였다. 아마도 모두가 도망치다 베인 모양인지 한 방향을 향해 엎어진 채로 불에 타들어가 있었다.

"여긴 구별조차 못하겠군."

몇 명이 시체를 조심스럽게 천으로 감싸는 모습에 운요는 절레절레 고개를 흔들었다.

소하는 눈을 들었다.

백영세가의 돌담은 정체모를 누군가의 침입을 막기 위해 견고하게 쌓아져 있다.

그러나 그것은 사람들이 피할 수 있을 만큼의 상흔을 남긴 채 부서져 있었고, 그 덕분에 모두가 피난할 수 있었던 모양이었다.

"살아 있는 사람은 없는 것 같군."

있다 해도 이미 늦었을 것이다. 운요의 말에 설애는 입술을 꾹 깨문 채로 휘청거렸다.

"그럴 수가……."

"진정하렴."

유원이 붙잡자 설애는 눈물이 걸린 눈으로 망연히 중얼거렸다.

"그분이 막아줘서 우리가 살았던 것인데……."

소하는 설애를 지나쳐 앞으로 향했다.

바닥에 새겨진 족흔(足痕).

분명 무공을 펼친 흔적이었다. 아마도 그자는 여기서 아귀도와 맞서 싸운 것이리라.

그 순간.

소하는 자신의 어깨를 붙잡는 손을 느꼈다.

청아였다.

그녀는 꽉 쥔 손으로 소하를 밀어낸 뒤 이내 비틀거리며 앞으로 다가갔다.

"제운종."

무공을 펼치는 것을 본다면 많은 이가 그 정체를 추측하기 쉽지만 남은 흔적만으로는 쉽사리 알지 못한다. 하지만 청아는 그 무공이 무엇인지를 알 수 있었다.

어릴 적부터 매일매일 그의 수련을 봐왔으니까.

청아는 몸을 돌렸다.

그리고 누가 말릴 새도 없이 그녀는 땅을 박차며 타버린 전각 안으로 달려가기 시작했다.

"자, 잠깐! 무너질 수도 있소!"

한 명이 그리 소리쳤지만 청아는 그에 상관하지 않았다.

"형."

"음."

운요는 고개를 끄덕였다.

그와 동시에 소하 역시 청아를 쫓아 안으로 향하기 시작했다.

가만히 돌담과 싸움의 상흔들을 바라보던 운요는 이내 씁쓸한 한숨을 토했다.

"그러지 않기를 바랐건만."

*　　　*　　　*

청아는 숨이 막히는 것만 같았다.

그것이 아직도 구석구석에서 오르고 있는 연기 때문인지, 아니면, 생각들이 가득 차 머릿속을 꽉 메워 버렸기 때문인지 알 수 없었다.

무너진 문을 지나 다 타버린 대들보를 넘어 그녀는 전각의 안으로 들어섰다.

고개를 마구 돌려보아도 온통 새까말 뿐 다른 것이 보이지 않는다. 그녀는 뚜벅뚜벅 안쪽으로 걸으며 어깨를 조금씩 떨었다.

"왜."

으득 깨문 이.

청아는 눈앞이 뿌옇게 변하는 것만 같았다.

싸움은 계속되었던 모양이다. 아마도 그자가 아귀도를 이쪽으로 유인한 것이겠지.

무너진 기둥에는 칼날이 입힌 상처가 그득하게 남아 있었다.

안쪽에서 어떠한 일들이 있었는지에 대해 그녀는 지독하도록 잘 느낄 수 있었다.

제운종은 이러한 좁은 장소에서는 제대로 펼치기 어려운

보법이다. 어쩌면 그는 스스로 자신에게 불리한 전장을 고른 것이나 마찬가지였다.

청아는 마치 자신이 그 싸움을 겪고 있는 양 비틀거리며 안쪽으로 향했다. 그들의 싸움이 격해질수록 그녀의 걸음도 빨라지고 있었다.

책상을 반쪽으로 조각낸 아귀도는 이내 뒤로 물러서는 자의 몸을 몇 번이고 베었으리라.

다리가 엉키고 내공이 역류하자 그를 상대한 자는 당장 도망칠 수 있는 장소를 찾았을 게 뻔했다.

맨 구석의 방.

조그마한 창고로 쓰였는지 잡다한 기구들이 쌓여 있는 곳이다.

청아는 그곳에서 걸음을 멈췄다.

소하 역시 그녀의 흔적을 쫓다 겨우 뒤에 다다른 참이었다.

"왜."

불리했다.

연기와 불 때문에 내공은 지속적으로 소모되었을 것이고 무리한 싸움으로 몸은 지쳤을 것이다.

소하는 차마 청아를 붙잡지 못했다.

그녀는 앞으로 한 걸음을 옮겼다.

"왜 그랬습니까."

청아의 눈동자에 여러 가지 감정들이 차올랐다.

방의 안쪽에는 시신 하나가 벽에 기댄 채로 쓰러져 있었다. 불길이 얼굴과 상체를 잔뜩 불살랐기에 그의 제대로 된 모습을 구분하기 어려울 정도였다.

하지만 청아는 알 수 있었다.

"왜……!"

그녀는 고함을 질렀다.

도저히 형용할 수 없는, 이제까지 느껴보지 못한 감정이 가슴속을 꽉 채워 버린 탓이다.

가운악은 비참하게 온몸이 베인 채로 죽어 있었다.

팔다리는 더 이상 움직이기도 어려웠을 것이고, 자랑하던 검법 역시 제대로 사용할 수 없었으리라.

청아는 무릎을 꿇었다.

"사형."

"나는 네가 있어, 참 행복하다."

어릴 적 문파 사람들의 괴롭힘에 울던 청아의 옆에서 가운악은 늘 그렇게 말해주었었다.

그 역시 늘 혼자였기에 누군가가 함께 해준다는 건 정말 행복하다며 말이다.

그러면 청아는 늘 눈물을 그쳤다.

이 사람이 내 곁에 있다.

누구보다도 소중한 가족이 있다는 일에 아픈 일들이 눈녹듯 사라져 버렸으니까.

청아는 벌벌 떨리는 오른손을 내려다보았다.

기분은 이상하게도 차분하다고 느꼈다. 아니, 아직 머리로는 이 사태가 제대로 이해되지 않은 것일 수도 있다.

그저 오른손만이 주체할 수 없이 떨려올 뿐이다.

멍하니 바닥을 그러쥔 그녀는 이내 고개를 숙였다.

"말이라도 해줬다면."

도왔을 것인데.

사문이 금지한다 해도 백연검로를 꺼내 그를 도왔을 것이다.

청아에게 있어 가운악을 잃는 것은 세상 전부를 잃는 것이나 마찬가지였으니까.

소하는 한 걸음을 앞으로 옮겼다.

"다가오지 마라."

청아의 목소리에는 살기가 뒤섞여 있었다.

"네가 상관할 게 아니야."

"사형을."

소하는 청아의 뒤로 다가오며 조용히 말을 이었다.

"여기에 계속 놔둘 거야?"

"윽……!"

그 순간.

숨을 들이킨 청아는 이윽고 수중의 칼을 붙잡았다.

콰아아아앗!

공기를 가르는 일섬.

백연검로의 세풍로(勢風路)였다.

맞는 순간 소하의 얼굴을 쪼개 버릴 수 있는 일격이다.

그러나 소하는 그것을 붙잡았다.

카아아악!

그의 온몸에는 천양진기의 기운이 맴돌고 있었다.

"우연이 아니었군."

청아는 헛웃음을 내뱉었다.

"백연검로를 알고 있어."

"응."

소하의 말에 그녀는 부르르 몸을 떨었다.

그 연유가 무엇인지 궁금하지는 않았다.

"그럼… 그자들은 무엇 때문에 이 검을 숨긴 거지."

무당파의 장로들은 백연검로를 동경하나, 그만큼 더욱더 그것을 숨기려 했다.

마치 절대 꺼낼 수 없는 보물 마냥, 청아마저 무당산에 숨긴 채 바깥에 내보내지 않으려 했던 것이다.

그러던 와중 갑작스레 떨어진 무림행이었다.

청아는 자신과 함께 가운악을 붙여준 것에 얼떨떨했지만, 가족과도 같은 그와 무림을 볼 수 있다는 생각에 내심 기분이 조금 들뜨기도 했었다.

하지만 그게 이런 결과로 이어질 줄이야.

그녀는 손을 내리며 눈물을 땅으로 떨어뜨렸다.

"왜… 사형이 죽어야만 했던 거지."

소하는 가만히 가운악의 시신을 바라보았다.

그가 아귀도와 필사적으로 싸우면서도 이리로 온 이유는 비단 도망치기 위해서만이 아니리라.

그랬다면 다른 방향으로 제운종을 사용해 피하는 것이 더 이득이 되었을 것이다.

그는 그저 다른 이들이 죽는 것을 두고 볼 수 없었던 게 아니었을까.

그래서 자신이 싸우는 동안 설애를 비롯한 생존자들이 도망칠 수 있도록 시간을 번 것이 아닐까.

소하는 내심 그것을 추측하면서도 아무 말도 꺼내지 않았다.

*　　*　　*

가운악의 시신은 화장(火葬)되었다.

청아의 뜻이었다.

비무초친에 참가한 이상 그는 무당파에서 파문된 것이나 마찬가지였다.

대중들에게 이미 무당파의 인물이 나섰다는 사실이 알려졌기 때문이다.

파문된 이는 절대 본산에 발을 들일 수 없다. 그렇기에 청아는 그를 싸늘한 초야(草野)에 묻지 않았다.

조그마한 상자에 뼛가루가 담겼다.

청아는 그것을 든 채 망연히 바라보고만 있을 뿐이었다.

"그러지 마."

소하의 목소리만이 머리를 떠돈다.

그녀는 자살하려 했었다.

가운악이 죽은 순간, 그녀는 살 미련이 모조리 사라져 버렸다는 것을 깨달았다. 그렇기에 망설임 없이 자신의 검으로 목을 그으려 했었다.

차라리 죽어버리는 편이 더 편해지리라 생각했기 때문이다.

그러나 그런 그녀를 소하가 막았다.

그대로라면 죽은 가운악이 더욱 슬퍼질 뿐이라고 말했다.

청아는 소하에게 소리를 지르고 싶었다.

네가 무엇을 아냐고, 사형을 잃어 이제 세상에 홀로 남아버린 자신에 대해 조금이라도 아냐며 마구 질책하고 싶었다.

하지만 그럴 수 없었다.

어째서인지 그런 마음이 들지 않았다.

물조차 넘기지 않아 바싹 말라 버린 목구멍에서는 소리마저 사라져 버린 터였다.

그저 화장한 가운악의 뼛가루만을 안은 채 부상자들이 모여 있는 거대한 전각의 벽에 기대어 있을 뿐이었다.

“광명지주에 청성신협이라니. 무림의 신성들을 만나서 다행이야.”

다친 이들은 주섬주섬 짐을 챙기며 둘러 앉아 그런 이야기들을 나누고 있었다.

다행히 불길에서 살아남은 이들은 진심으로 소하를 비롯한 무인들에게 감사를 표하고 있었다.

“하마터면 다 죽을 뻔했지.”

킬킬 웃은 남자는 붕대로 칭칭 감은 볼이 쑤신지 아구구 소리를 내며 고개를 흔들고 있었다.

그곳을 바라보던 청아는 이내 시선을 내렸다.

그자들 사이를 샅샅이 살펴본다 해도 가운악이 나타나는 일은 없었다.

이전처럼 자신의 이름을 부르며 당황한 표정으로 뛰어오는 일도 없었다.

그 목소리.

그 손길을 이제 더 이상 느낄 수 없는 것이다.

남은 건 차가운 상자뿐이다.

청아의 눈에서 뚝뚝 눈물방울들이 떨어져 내렸다.

계속해서 부정하려 해도 그가 죽었다는 사실은 쓰리게 가시처럼 박혀들고 있었다.

"저……."

청아의 눈이 황급히 위로 들려 올랐다.

그러나 보인 것은 이전 설애라고 불렸던 어린 시녀뿐이었다.

몇 번이고 머뭇거리던 그녀는 조심스럽게 말을 이었다.

"감사를 드리고 싶어서……."

설애는 그러더니 조심스럽게 보자기에 싼 상자를 내밀었다.

안에는 먹을 물과 밥덩이들이 들어 있었다. 사람들에게 하나씩 돌리고 있던 참에 홀로 구석에 있는 그녀를 본 설애가 자원해서 이리로 온 것이다.

"그분께서 도와주신 덕에 저희가 살았습니다."

설애는 뒤를 눈짓했다.

청아의 눈에 이채가 감돌았다.

뒤쪽에는 불길로 인해 온몸에 붕대를 감은 시녀 일곱이 서 있었다.

"그 흉수에 의해 모두 죽을 위기를 겪었지만… 은공의 도움으로 살 수 있었죠."

설애는 촉촉이 젖은 눈으로 청아를 바라보았다.

"저희 때문에 그분이 돌아가셨습니다."

"청아야, 나와서 나와 함께 산보라도 하자."

늘 그랬다.

가운악은 곤경에 처해 있는 이를 두고 보지 못했다.

때로는 손해를 볼 때도 있었지만, 그것이 무당의 의(義)라며 사람 좋은 웃음만을 지어 보일 뿐이었다.

멍청하다.

청아는 진심으로 그에게 욕을 퍼부었다.

죽으면 다 무슨 소용이란 말인가.

제아무리 누군가를 도왔어도 좋은 일을 했다고 해도 무슨 의미가 있다는 말인가.

청아는 이를 악물었다.

차라리 이들이 죽어버렸다면.

더 빨리 불길이 이들을 삼켜 숨을 쉴 새도 없이 죽여 버렸다면.

가운악이 죽을 일은 없었을 것이다.

"저는… 아이를 가지고 있습니다."

설애의 조그마한 목소리에 청아의 어깨가 꿈틀거렸다.

"그분 덕에 아이가 살았습니다."

설애는 훌쩍이며 붉어진 두 눈에서 눈물을 흘렸다.

"정말로… 정말로, 감사합니다."

허리를 굽히며 절하는 그녀의 모습.

청아는 멍하니 그런 설애를 바라만 보고 있을 뿐이었다.

뒤쪽에서 똑같이 절하고 있는 여인들에, 그만 과거의 일이 생각나 버린 탓이다.

어느 날 청아는 가운악이 전당 청소를 하고 있는 것을 보았다.

사람 좋은 그의 성격을 이용해 어떤 이가 청소를 맡겨 버리고 도망친 것이다.

당장 그자를 잡아오겠노라며 화를 낸 청아에게, 가운악은 웃어 보일 뿐이었다.

"모든 일에는 다 의미가 있는 법이다. 너무 화내지 마라."

그때는 알 수 없었다. 아니, 그저 자신이 속은 걸 합리화하고 있을 뿐이라며 마음에 들지 않을 정도였다.

청아는 꽉 상자를 붙들었다.

하지만…….

그녀는 이를 악물었다.

절하고 있는 여인들을 보자 그만 감정을 견딜 수가 없어졌던 것이다.

남은 것은 그의 뼛가루와 허리에 걸려 있는 그의 검.

추억(追憶)하기에는 너무나도 작은 것들이다.

"사형……."

그렇기에 그녀는 힘없이 그런 목소리만을 내뱉었다.

*　　　*　　　*

백영세가에 난 불 때문에, 결국 비무초친은 흐지부지될 수밖에 없었다.

이미 백유원에 대한 문제는 저 멀리로 날아가 버리고, 백영세가에서 백면이란 세력을 보유했다는 것이 전 무림으로 퍼져 나가고 있었기 때문이다.

"백면."

백류영은 조용히 의자에 걸터앉은 채 그 이름을 읊었다.

"아름다운 이름이지 않나?"

단리우는 창가를 서성이며 그리 말했다.

그토록 큰 화재가 있었지만 두 명의 의복은 조금도 상하지 않은 채 윤기를 보이고 있었다.

"그것이 백영세가의 새로운 힘이 되겠지."

백류영은 술잔을 들어 올리며 눈을 돌렸다.

빈자리, 그곳에는 식은 찻잔이 덩그러니 놓여 있을 뿐이었다.

"천회맹의 인물들 중, 현재의 상황에 만족하지 못하는 이들이 많지."

"그런 이들에게 보여주기엔 더없이 적합한 무대였어."

"비록 그것이 우발적인 상황일지라도."

단리우의 말에 백류영의 눈이 싸늘한 광채를 발했다.

"나를 의심하는군."

부채를 든 단리우는 가볍게 자신의 얼굴을 가리며 후우 하고 길게 한숨을 내쉬었다.

"자네에게 내 가치를 증명해 보이기 위해, 굳이 세가에 불을 질렀다고 여기나?"

"사화(死火)는 아무 답도 해주지 않아."

백류영의 말에 단리우는 고개를 절레절레 저었다.

창가에서 희미하게 내리쬐는 달빛이 비치자 더욱 우아해 보이는 동작이었다.

"나와 자네는 동주(同舟)에 탄 것이나 마찬가지지. 그런 내가 굳이 자네의 세력을 약화시킬 필요가 있을까?"

"이번 불길로 동(棟) 장로를 포함해 일곱이 죽었지."

백류영은 그 화재 속에서 비참하게 죽어나갔던 세가의 장로들을 떠올려 보았다.

그들 모두가 백류영의 무림출도를 무모하다고 막아 세우던 이들이었다.

"장애물이 사라져 버린 셈이로군."

"그런가. 그것은… 참으로 우연이로군."

단리우의 목소리에 백류영은 서서히 자리에서 일어났다. 그는 붉은 비단옷을 툭툭 털며 조용히 말을 이었다.

"백면의 통제는 자네에게 일임하지. 하지만… 어디까지나 백영세가는 나로 인해 움직인다네."

"그렇기에 내가 자네를 돕는 것이지."

백류영은 옥안(玉顔)을 그에게로 돌리며 잠시 미묘한 시선을 보냈다.

화재로 인해 백영세가는 꽤나 큰 피해를 입었지만, 백류영 자신에게는 오히려 득이 된 상황이었던 것이다.

방해되는 이들이 모조리 사라지고, 백면에 의해 서장무인들을 격퇴하면서 백영세가는 천회맹이나 기타 세력에 기대지 않고서도 충분한 무력을 가졌다는 것을 선보였다.

무림의 세력도가 뒤흔들리는 데에는 아주 적당한 등장이었던 것이다.

"그런데."

단리우는 그러한 백류영을 바라보며 조용히 중얼거렸다.

"여동생을 찾아가 보지는 않는군? 청성의 검수를 비롯해… 특이한 자 하나가 가까이 있던데."

"굉명지주라고 불리는 그자인가."

굉명의 주인.

제아무리 무림에 나서지 않았던 백류영이라고 해도 천하오절의 일인이었던 굉천도의 이름과 애병쯤은 알고 있었다.

"화염을 베고 백영세가를 구해냈다며 많은 이가 칭송하고 있네."

"풋내기들일세."

백류영은 그들을 그리 평했다.

"중요한 건 나의 세가가 어찌 자리하냐는 것이지."

그는 그리 단언할 뿐이다. 단리우는 잠시 침묵하다 이내 고개를 끄덕였다. 그의 성격을 익히 알고 있었기 때문이다.

"그런가."

"푹 쉬게."

백류영은 서슴없이 몸을 돌렸다.

그러자 구석에 서 있던 홍귀는 슬쩍 몸을 구부리며 부리부리한 두 눈을 빛냈다.

"이제부터 많은 게 바뀔 테니까."

백류영은 그 말을 남기며 뚜벅뚜벅 걸어갈 뿐이었다.

이내 문이 닫히자, 그쪽을 노려보던 홍귀는 조용히 입을 열었다.

"아무리 그러하다 해도 저자를 너무 신뢰해서는 안 됩니다."

"알고 있다."

단리우는 부채를 부치며 중얼거렸다.

"그 역시 나를 믿지 않아. 나 역시 그를 믿지 않고."

마치 달빛으로 빚은 명옥(明玉)처럼 단리우의 새하얀 피부는 몽환적인 색을 보이고 있었다.

"그것이야말로 더없이 좋은 일이지."

그는 부채를 천천히 접었다. 홍귀는 슬쩍 눈을 돌리며 허리를 꼿꼿이 세우고 있었다.

자신의 주인이 지금 어떤 기분인지 알고 있기 때문이었다.

"광명지주라."

소하의 모습을 기억한다.

멀리서 불꽃을 튀기며 수라도와 칼날을 나누던 것을 본 단리우는 단박에 알 수 있었다.

저 소년은 장차 이 무림에 큰 영향을 몰고 올 것이란 사실을 말이다.

"역시, 세상은 넓군."

원래라면 더 많은 이가 죽어갔을 것이다. 아마도 유원을 포함한 모두가 불꽃에 먹혀 버렸겠지.

사람들이 소하와 운요를 따라 불길을 제압하지만 않았더라면 말이다.

무릇 불이란 재해(災害)의 상징으로 누구나 가까이하기를 두려워하게 마련이다.

그러나 그들은 망설임 없이 칼을 휘둘러 불을 베어버리는 소하를 보며 용기를 가지게 되었다.

"무공이란 건 그렇게 단순한 것이 아니야."

소하의 말이 머릿속을 떠돌았다.

단순히 사람을 죽이는 것만이 아니다.

뛰어든 이들은 재해를 제압하고 수많은 목숨을 구해낸 것이다.

그 모든 시작이 바로 소하였다.

"재미있는 놈이로군."

단리우의 입가에 짙은 웃음이 맺혔다.

『광풍제월』 6권에 계속…